© 2014 Sergej Kosura

Verlag: tredition GmbH, Hamburg

	ISBN
Paperback	978-3-8495-9212-7
Hardcover	978-3-8495-9213-4
e-Book	978-3-8495-9214-1

Printed in Germany

Prolog

Ich wache in einem dunklen Raum auf.
Gefesselt und noch benommen von dem Knall
kann ich mich weder rühren, noch etwas
wahrnehmen.
Nach und nach erholt sich mein Körper, bis
ich schließlich wieder bei Bewusstsein bin.
Das allererste, was ich erblicke, ist eine rote
Pfütze am Boden, mein Blut.
„Was ist passiert?", denke ich mir. So sehr ich
mir auch den Kopf zerbreche, was sich in
letzter Zeit zugetragen haben könnte, es will
mir nicht einfallen.
Ohne auch nur mit der Wimper zu zucken,
analysiere ich den Raum. Links von mir sehe
ich sehr viele gestapelte Kisten, auf denen
irgendetwas in einer mir unbekannten
Sprache draufsteht. Rechts ist ein Tisch, auf
denen ich einige Werkzeuge erkennen kann.
Hammer, Nägel und Bohrer, also die
typischen Arbeitsutensilien eines
Handwerkers. Direkt vor mir ist der Eingang.
Erkennbar an der Form des Raumes muss es
sich um ein Zelt handeln.
„Wo zum Teufel bin ich?", frage ich mich
ununterbrochen.

Plötzlich schießt mir der eine Satz durch den Kopf, den ich von einem mir wichtigen Menschen gehört hatte.
Wie von Zauberhand erinnere ich mich wieder an alles, die ganzen Ereignisse laufen mir direkt vor den Augen ab, bis zu dem Zeitpunkt, an dem die ganze Geschichte begann...

Kapitel 1 – Die Tragödie

Es war kurz vor Ende der Sommerferien, für viele ein Grund zum Jammern, für mich jedoch nicht, denn für mich waren die Sommerferien bereits vorbei, ehe sie begonnen hatten.

Nämlich dann, als meine Eltern mir unbedingt mitteilen mussten, was uns bevorstehen würde.

Zuerst hatte ich natürlich keine Ahnung, ich lebte mein Leben wie gewohnt mit meinen Freunden. Doch ehe ich mich versah, änderte sich die Lage schlagartig. Mein Vater hatte eine neue Ausbildung als Busfahrer hinter sich und somit brauchte er natürlich einen neuen Job. Bedauerlicherweise fand er auch einen, jedoch nicht in der Nähe meiner Heimat.

Somit stand ein Umzug fest.

Ich konnte die Situation nicht verändern, also beschloss ich, das Beste daraus zu machen und lud meine Freunde zu einer Abschiedsfeier im Kino ein. Die Zeit mit ihnen war schön, dafür war der Abschied umso schlimmer, da es sich eher wie ein

Lebewohl anfühlte. Wir nahmen uns zwar vor, in Kontakt zu bleiben, doch mir war in diesem Moment schon bewusst, dass wir uns auseinanderleben würden.

Schließlich fuhren wir los. Nach eineinhalb Stunden Fahrt, die mir viel länger vorkamen, waren wir fast am Ziel.

Die ganze Fahrt über starrte ich aus dem Fenster. Ich sah Kuhweiden, Häuser und lauter Bäume, die in Lichtgeschwindigkeit an meinen Augen vorbei rasten.

Vor mir saßen meine Eltern und neben mir meine große Schwester.

Wer ich bin? Mein Name ist Anastasia Hudson, geboren in Russland und ich lebe seit ca. 10 Jahren mit meiner Familie in Deutschland.

Dies war bis jetzt mein dritter und schlimmster Umzug.

Jeder, der in meinem furchtbaren Alter, nämlich 16 Jahre, umziehen musste, konnte nachvollziehen, warum diese Ereignisse einem so zur Last fielen. Eine neue Heimat bedeutete, alles hinter sich zu lassen, an was man je gehangen hatte. Es drückte aus, dass man ein Niemand sei, gefangen an einem Ort, an dem keiner einen kenne und zu dem man nie freiwillig hingehen wollen würde.

Schließlich kamen wir an. Hier begann meine neue Geschichte in einer mit Menschen überfüllten Stadt, hier in Augsburg.

Wir packten all unseren Krempel aus dem Lastwagen, den wir für den Umzug extra organisiert hatten und trugen die ganzen Besitztümer in unsere neue Wohnung, was ziemlich anstrengend verlief, da sich unsere Wohnung im dritten Stockwerk befand und kein Aufzug verfügbar war. Nach vielen beschwerlichen Rundgängen waren wir endgültig fertig.

Nach einer extrem langen Verschnaufpause sah ich mich im Inneren der Wohnung um, obwohl es kaum etwas zu sehen gab, da diese logischerweise noch nahezu leer war. Trotzdem konnte ich schon einiges erkennen, zum Beispiel wo sich mein Zimmer und das meiner Schwester befinden würde.

Theoretischerweise konnte ich mich glücklich schätzen, da ich nach all den Jahren endlich ein eigenes Zimmer bekommen würde, denn davor musste ich mit meiner Schwester ein Zimmer teilen. Doch der Verlust, den ich durch diesen Umzug erleiden musste, ließ dieses Glücksgefühl im Schatten stehen.

Ich beschloss, die Gegend zu erkunden, während meine Eltern sich mit dem Aufbau der zahlreichen Möbel beschäftigten.

Draußen angekommen musste ich mich nicht lange umsehen, um das zu erblicken, was ich ohnehin schon erwartet hatte. Geschäfte und laute umweltzerstörende Autos soweit das Auge reichte, Großstadt eben. Für mich war das ein ziemliches fremdartiges Terrain, da ich vorher in einem stillen, friedlichen Dorf gewohnt hatte.

Ich wollte meine neue Schule aufsuchen, damit ich den Weg dorthin auch sicher kannte, da ich ja demnächst dorthin gehen müsste.

Bevor ich dort ankam, blieb ich plötzlich vor einem

großen, farbigen Gebäude stehen. Es war eine große Bücherei, die mir den Atem raubte, da ich noch nie eine Bücherei mit einem so überwältigenden Ausmaß zu Gesicht bekam.

„Dort werde ich später mal reingehen", entschloss ich mich schon mal, da Bücher lesen zu meinen Hobbys gehörte.

Anscheinend hatten in der Nähe paar pubertierende Jungs meine Worte gehört, da sie dauernd kicherten und zu mir herüberblickten. Ich ignorierte sie und setzte meinen Weg fort, doch anscheinend ließen diese nicht locker, da sie mich zu verfolgen schienen.

„Hey Leseratte", sagte der eine, „bleib doch mal stehen!"

Lass sie doch Marco", flüsterte der andere ihm zu, „die ist es doch nicht wert."

Ich wollte so tun, als hätte ich das überhört, es gelang mir jedoch nicht, weswegen ich, um eine Blamage zu vermeiden, schleunigst nach Hause lief.

„Tschau wanderndes Lexikon, wir sehen uns demnächst in der Schule!", rief er noch hinterher.

„Schule...", seufzte ich, „na das kann noch was werden."

Zuhause angekommen sah ich das Ergebnis der Arbeit meiner Eltern. Die Betten und der Fernseher standen bereits, die Schränke waren zum Teil aufgebaut.

Um mir die lästigen Fragen meiner Eltern, wie die Stadt denn so war und was ich alles entdeckt hatte, zu ersparen, schlich ich mich auf mein Zimmer, schloss die Tür ab, stellte meinen Wecker ein und verkroch mich weinend unter meine Bettdecke.

Kapitel 2 – Eine Katastrophe nach der anderen

Am nächsten Morgen wachte ich unschön auf, da der Wecker mich fast zu Tode erschreckte. Noch mit benommenen Augen schaute ich auf die Uhr. Es wurde Zeit für die Schule.
Also stand ich auf und machte mir Toast mit Schinken, denn mehr gab es in der Küche noch nicht. Dann legte ich eine Flasche Orangensaft in die noch kaum beladene Schultasche und brach auf.
Meine Eltern suchten sich wohl bewusst diese Zeit zum Umziehen aus, damit ich und meine Schwester sie bei ihrer Hausarbeit nicht stören würden.
Es war sehr windig, überall fielen farbige Blätter von den Bäumen und schwarze Wolken flogen über meinem Kopf. Es kam mir so vor, als würde die Natur den Herbst willkommen heißen.

„Wehe es regnet.", drohte ich, da ich keinen Regenschirm dabei hatte. Glücklicherweise kam ich trocken an der Schule an. Drinnen herrschte großer Tumult.

Ich sah Menschen in allen Altersklassen direkt vor einer Wand stehen. Wahrscheinlich hingen dort die Listen, die zeigten, wer in welches Klassenzimmer kommen sollte. Meine Klasse war nahe der Eingangstür, ich musste also nicht lange suchen. Als ich eintrat, sah ich alle Schüler in einem Stuhlkreis sitzen. Langsam begab ich mich zu meinem Stuhl, während meine Augen die Klassenkameraden erforschten. Der größte Teil meiner Klasse bestand aus Mädchen, darunter eine große Anzahl an Türken. Eigentlich hatte ich nichts gegen Türken, ich konnte nur ihre aggressive und meist respektlose Art mit Menschen umzugehen nicht ausstehen.

Zu meinem Entsetzen befand auch *ER* sich in der Klasse, der Junge namens Marco, den ich gestern unfreiwillig getroffen hatte. Große Statur, ungepflegte braune Haare, ein Doppelkinn, am Hals baumelnde Kopfhörer und zerrissene Jeans zeichneten ihn aus.

Doch ehe ich mich weiter über ihn aufregen konnte, kam unsere Lehrerin Frau Rosenberger herein.

„Guten Morgen", sagte sie mit einer recht freundlichen Stimme.

Die ganze Klasse begrüßte sie gleichzeitig.

„Wahrscheinlich fragt ihr euch, wieso ihr in einem Kreis nebeneinander sitzt. Nun, damit sich die Klasse erst einmal besser kennenlernt, wird nun jeder Schüler nacheinander im Uhrzeigersinn aufstehen und sich vorstellen", forderte sie uns auf. Ohne zu zögern stand jemand auf und stellte sich kurz vor. So ging das immer weiter, doch die ganzen Informationen der Schüler kamen bei mir in das eine Ohr rein und aus dem anderen Ohr wieder raus.

Nur als Marco aufstand, hörte ich aufmerksam zu, obwohl ich mir nicht erklären konnte, wieso ich das tat.

„Ich heiße Marco Schneider, bin 17 Jahre alt und Single. Ende der Durchsage", berichtete er zwar mit einem breiten Grinsen, dafür aber in einem überraschend netten Ton, was ich natürlich nur für alberne Schauspielerei hielt.

Nach einigen Schülern war ich an der Reihe.

Ich stand auf, holte tief Luft und begann zu reden: „Mein Name ist Anastasia Hudson. Ich bin 16 Jahre alt und mehr werde ich auch nicht verraten, da ich kein Interesse an irgendwelchen neuen Bekanntschaften habe und hier nur mein letztes Schuljahr absolvieren will!"

Totenstille im Klassenzimmer. Nicht verwunderlich bei dem Wutausbruch, schließlich war es ihr erster Eindruck von meiner Wenigkeit.

Alle starrten mich regungslos an, als wär ich wie in dem Film *HULK* zu einem Monster mutiert. Einige Minuten verstrichen, bis jemand sich endlich rührte. Es war niemand geringeres als Marco.

„Anastasia?", fragte er leicht sarkastisch, „das ist für mich ein ziemlich langer Name. Ich nenne dich einfach Asia."

Lautes Gelächter von allen Seiten.

In diesem Moment wollte ich nichts anderes, als mich ins nächste Mauseloch zu verkriechen und nie wieder herauszukommen.

Anscheinend wollte nun Frau Rosenberger wieder die Kontrolle über ihre Klasse erlangen.

„Schluss jetzt!", brüllte sie durch die Klasse. „So wie ich das sehe, haben wir zwei ganz spezielle Schüler in diesem Jahr. Nichtsdestotrotz müssen wir mit dem organisatorischen Kram beginnen. Ich bitte nun alle Schüler, sich an die jeweiligen Tische zu setzen."

Immer noch gedemütigt blieb ich auf dem Stuhl sitzen, bis alle Schüler ihren Platz aufsuchten.

„Schlimmer kann es gar nicht mehr werden!", beschimpfte ich mich selbst.

Doch als ich endlich aufstand, bemerkte ich, dass ich wie so oft im Irrtum war, da der einzige noch freie Platz neben Marco war, dem Jungen, den ich mittlerweile bis aufs Blut nicht ausstehen konnte.

Da ich jedoch keine Wahl hatte, setzte ich mich neben ihn.

„Hey Asia", flüsterte er mir zu.

„Nenn mich nicht so!", zischte ich ihn an, ehe er was von sich geben konnte. Offenbar hatte Frau Rosenberger dies gehört, denn sie kam im Eiltempo auf uns zu. „Da ihr Turteltauben gerade offensichtlich Probleme in eurer Beziehung habt, würde ich empfehlen, dass ihr dies nach dem Unterricht klärt. Anastasia, bitte gehe aus dem Klassenzimmer raus, bis die Stunde vorbei ist. Danach holst du dir die Informationen, die du

verpasst hast von mir ab und kannst mit den anderen nach Hause gehen", schlug sie mir vor.
Ich gehorchte ihr und ging langsam und beschämt zur Tür, anstatt mich über das Gekichere im Hintergrund zu beschweren.
Als die Schule vorbei war, nahm ich die Unterlagen mit. Ich wollte schnellstmöglichst nach Hause, da ich bereits ahnte, dass Marco mir das Leben wieder schwer machen wollen würde. Glücklicherweise begegnete ich ihm nicht. Zu meinem Pech jedoch regnete es in Strömen.
Ich rannte so schnell ich konnte nach Hause, trocknete mich dort ab und ging sofort ins Bett.
„Der Tag war eine einzige Katastrophe!", kreischte ich empört ins Kissen, ehe ich nach stundenlangem Gejammer in tiefen Schlaf verfiel.

Kapitel 3 —

Freund oder Feind

Die Sonne schien in mein Gesicht und weckte mich. Ich musste mich richtig anstrengen um aufzustehen, da mir zwar mein Verstand mitteilte, dass es Zeit für die Schule war, mein Körper mir aber nicht gehorchen wollte. Ehrlich gesagt hatte ich auch weder Lust noch Laune auf einen weiteren Schultag, bei dem das Risiko auf weitere Blamagen bestand.

Dennoch machte ich mich trotz aller Gegenargumente auf den Weg dorthin, da meine Eltern sonst stressen würden und das wäre genauso unerträglich.

Im Klassenzimmer angekommen war ich verwirrt, da ich erwartet hatte, dass bei meiner Ankunft alle auf mich starren würden, mit einem Blick, als hätten sie gerade einen Außerirdischen gesehen. Aber nichts dergleichen.

Also begab ich mich zu meinem Tisch und wurde erneut überrascht.

Marco verhielt sich diesmal anders als sonst.

Normalerweise tratschte er wie ein Wasserfall und war immer gut gelaunt, diesmal jedoch hockte er mit gesenktem Kopf an seinem Platz, so als wäre er in sich gekehrt.

Ich analysierte die Sache genauer und es hatte den Anschein, als würde er über etwas sehr Wichtiges nachdenken. Zum einen war ich erleichtert, da er mich aufgrund seines Zustandes in Frieden ließ, zum anderen hatte ich aber auch ein bisschen Mitleid mit ihm.

Kopfschüttelnd vertrieb ich diese Gedanken und pflanzte mich hin, da der Unterricht kurz vor dem Beginn stand.

Es klingelte und ich sprang erschrocken auf. Anscheinend schlief ich während des Unterrichts ein. Das spielte aber auch keine Rolle mehr, denn es war Zeit für die Mittagspause.

Als ich die Schulkantine betrat, beobachtete ich, wie ein Mädchen aus Versehen ihr Trinkglas fallen ließ. Ich hatte sehr viel gemeinsam mit diesem Glas, weil ich genauso leer und zerbrechlich war wie dieser.

Ich sah mich weiter um und bemerkte, dass nahezu alle Tische bereits besetzt waren. Nur einer ganz hinten in der Ecke war noch frei, den ich wie von der Tarantel gestochen besetzte.

Während ich meinen Toast verzehrte, kam Marco auf mich zu. Als er ankam, hielt er kurz inne, da er mir vermutlich was Wichtiges mitteilen wollte.

„Darf ich mich zu dir setzen Asia?", begann er.

„Lass mich in Ruhe", murmelte ich vor mich hin.

„Bitte Asia, ich will mit dir reden", sagte er mit einer verzweifelten Stimme.

„Wozu? Um mich endgültig fertig zu machen?", gaffte ich ihn an.

„Nein, das ist es ja", antwortete er mit einer sehr leisen Stimme. „Ich möchte mich für mein Verhalten in den letzten Tagen entschuldigen. Ich weiß, dass es falsch war und ich wollte das alles auch gar nicht. Ich musste es aber tun, um bei meinen Freunden keinen schlechten Eindruck zu machen. Ich bin in Wirklichkeit ganz anders, das schwöre ich! Bitte gib mir eine zweite Chance. Tun wir einfach so, als wäre das nie geschehen, sonst findet mein schlechtes Gewissen keine Ruhe. Wie wäre es, wenn wir von vorne beginnen? Hallo, ich bin Marco Schneider und ich bin kein verdrecktes Ekelpaket."

Voller Erwartung stand er jetzt mit ausgestreckter flacher Hand vor mir.

„Wie erbärmlich muss man sein, sich auf ein so niederträchtiges Niveau zu begeben, um bei seinen sogenannten Freunden einen positiven Eindruck zu gewinnen?", dachte ich etwas zu laut.

Trotzdem reagierte er nicht und blieb in seiner hoffnungserfüllten Haltung vor mir stehen.

„Spielte er mir was vor? Wenn ja, dann war er ein echtes Naturtalent in der Schauspielkunst", grübelte ich nach.

Ich zögerte für einen kurzen Moment, glaubte dann aber doch, dass er es ernst meinte.

Ich griff misstrauisch seine Hand, die sich recht warm anfühlte und schüttelte sie.

„Hallo, ich bin Anastasia Hudson und höchst erfreut, keinen Ekelpaket vor mir zu sehen", antwortete ich und atmete erleichtert auf.

Er tat es mir gleich und wir beide fingen an zu lachen, was ich schon seit einer Ewigkeit nicht mehr getan hatte, geschweige denn, es konnte.

„Danke Asia, wir sehen uns dann hoffentlich später", rief er mir zu, während er sich langsam von mir entfernte.

„Garantiert", schrie ich noch hinterher, „aber gewöhne dich mal ab, mich andauernd Asia zu nennen!"

Mit seinem klassischen breiten Grinsen im Gesicht zog er von dannen.

Schließlich endete die Schule.

Auf dem Heimweg grübelte ich über die kürzlich geschehenen Ereignisse nach. Ich war mir nicht sicher, ob das, was ich tat, richtig war.

Mir wurde oft gepredigt, dass ich aufhören sollte, mein Verstand zu benutzen und anfangen, auf mein Herz zu hören. Das Problem war aber, dass mein Herz nie zu mir sprechen konnte, da mein Gehirn diesen immer und immer wieder blockierte. Ich beschloss, nicht mehr weiter nachzudenken und einfach mal abzuwarten, was geschehen würde.

Zuhause angekommen traf ich auf meine Schwester Natascha, die sich wohl gerade mit jemandem treffen wollte. Rubinrote, bis zum Hintern ragende lange Haare, ein süßes Gesicht und ein wunderschöner makelloser Körper war ihr Markenzeichen.

„Na Intelligenzbestie", begrüßte sie mich in ihrer arroganten Art, „wie war es in der Schule?"

Sofort wurde ich zur Furie, obwohl ich diesen Zustand nicht ausstehen konnte. „Hör auf so zu tun, als würde dich das interessieren!", brüllte ich sie an. „Du scherst dich doch einen feuchten Dreck um mein Leben! Alles was dich interessiert, bist nur du selbst und dein angeblicher fester Freund, den du eh jede Woche durch einen anderen ersetzt und zu dem du höchstwahrscheinlich gerade eben aufbrechen willst!"

Das hatte gesessen.

„Wenigstens zeigen die Männer Interesse an mir, was bei dir nie der Fall war und voraussichtlicherweise wird sich das auch künftig nicht ändern!", antwortete sie beleidigt und verließ die Wohnung.

Mit Tränen in den Augen rannte ich in mein Zimmer, schloss die Tür ab und heulte mich an meinem Kissen aus.

Sie hatte ja recht. Im Gegensatz zu mir besaß sie eine Menge Sex-Appeal, sah gut aus und war um einiges größer als ich.

Ich hingegen war nicht so gut gebaut, wirkte durch meinen drastischen Aknebefall eher abstoßend und war nicht größer als ein Zwerg. Selbst Make-Up konnte daran nichts ändern. Alles was ich hatte, war meine überragende Intelligenz, die jedem am Arsch vorbei ging.

In solchen Momenten fragte ich mich andauernd, warum Gott mich so hasste und warum immer ausgerechnet mir so ein Schicksal widerfahren musste. Nach einiger Zeit döste ich mit nassen Augen die restliche Nacht vor mich hin.

Kapitel 4 — Der alltägliche Familienwahn

Endlich Wochenende. Die einzige Zeit, an dem ich mich voll und ganz auf mich konzentrieren konnte, wäre doch nur die Familie nicht in der Nähe.
Seit dem Umzug war meine Beziehung mit meinen Eltern nicht sehr rosig, da ich so sauer auf sie wegen dem war, was sie mir angetan hatten.
Deswegen ging ich ihnen so oft ich nur konnte aus dem Weg, was leider nicht immer möglich war.
Ich lag noch im Bett und überlegte mir, wie ich meinen Tag gestalten sollte.
Dann stand ich auf und begab mich ins Badezimmer, putzte mir die Zähne und rieb mir mein Gesicht mit der Antipickelcreme ein. Eigentlich glaubte ich nicht, dass die Creme was bringen würde, aber aufgrund meines akuten Pickelproblems benutzte ich sie trotzdem.

Nachdem ich meine Körperpflege hinter mich gebracht hatte, rief mich meine Mutter zum Essen. Noch bevor ich zur Küche eintrat, lief mir bereits das Wasser wegen des herrlichen Duftes im Mund zusammen. Es gab Pfannkuchen mit Himbeermarmelade zum Frühstück.

Ich trug die Nahrung ins Wohnzimmer an den Tisch und begann zu speisen.

Kurz darauf kamen meine Eltern dazu und zum Schluss noch meine Schwester. Dies passierte normalerweise nur, wenn unsere Eltern etwas zu besprechen hatten.

„Wo warst du denn letzte Nacht Natascha?", begann mein Vater. „Ich kann mich nicht erinnern, dich gestern nach deinem Ausflug wiedergesehen zu haben!"

„Ich übernachtete bei einem sehr guten Freund!", antwortete sie leicht verärgert. „Und was hattest du bitte bei deinem guten Freund getrieben?", fragte er, obwohl ich mir sicher war, dass er die Antwort auf diese Frage bereits wusste.

„Das geht dich gar nichts! Ich bin volljährig und kann tun und lassen was ich will!", brüllte sie.

„Das geht mich sehr wohl was an und egal, wie alt du auch bist, ich bin immer noch dein Vater und als dein Vater verbiete ich mir so einen Ton! Geh auf dein Zimmer, für den Rest des Tages hast du Hausarrest!", forderte er ihr lautstark auf.

„Hausarrest", äffte ich ihm in Gedanken nach, „welch primitive Vorgehensweise."

Völlig empört stand Natascha auf, stampfte verärgert auf ihr Zimmer und knallte die Tür mit aller

Wucht zu.

Mein Vater stand ebenfalls auf, seufzte und machte sich auf den Weg zur Arbeit, während ich und meine Mutter weiter aßen.

Die Atmosphäre war angespannt, als würde ich mich mitten in einem klassischen Teenagerfilm befinden.

„Übrigens Anastasia. Deine Lehrerin hatte mich vorgestern angerufen und mir mitgeteilt, dass du einen Wutausbruch hattest, weil du anscheinend mit deinen Klassenkameraden nicht zurechtgekommen bist. Stimmt denn etwas nicht Schatz?", fragte sie neugierig.

„Nein Mama, es ist alles in Ordnung", versuchte ich sie zu beruhigen. „Das Problem habe ich inzwischen selbst bewältigt. Das hoffe ich zumindest."

„Na wenn du meinst", antwortete sie in einem zarten, aber nicht ganz überzeugten Ton. „Wenn aber doch was sein sollte, weißt du ja, dass du mit mir über alles reden kannst."

Mit diesen Worten endete unser Frühstück.

Es wurde Zeit, die Bücherei aufzusuchen, die ich in der Innenstadt entdeckt hatte.

Ich nahm mein Rucksack mit Personalausweis, Geld und Streifenkarte mit und nahm die Straßenbahn dorthin. Von der Haltestelle, an der ich aussteigen musste, war die Bücherei nur noch einen Katzensprung entfernt.

Als ich eintrat, blieb mir der Atem stehen.

Es war ein dreistöckiges Gebäude, bei dem die ganze Einrichtung, also Boden, Wand und Decke in einem hellen Orange erstrahlte. Die dreieckig geformten und hübsch verzierten Fenster sorgten dafür, dass die ganze Bücherei durch die Sonnenstrahlen beleuchtet wurde, wodurch Lampen nicht immer gebraucht wurden. Ich begab mich zu einer hier arbeitenden Person und meldete mich an. Dafür brauchte ich nicht einmal die Einverständniserklärung meiner Eltern, da ich nur meinen Personalausweis zeigen musste, den ich glücklicherweise mitgenommen hatte.

Nach der Anmeldung überreichte mir die Frau eine orangene Karte, die ich benötigte, um Bücher durch einen Automaten auszuleihen.

Ich erkundigte die Bücherei näher. Im Erdgeschoss war wohl die Abteilung für Kinder, da man dort Kinderbücher, eine Rutsche und Brettspiele finden konnte.

Im zweiten Stockwerk hingegen wimmelte es von Büchern für die Schule und für Erwachsene.

Außerdem gab es dort Computer, die ich auch im dritten Stock wiederfand.

Neben den Computern erblickte ich im dritten Stockwerk vor allem die Abteilung für Jugendliche. Mangas, Videospiele, Musik CDs, DVDs, Jugendbücher und extravagante Brettspiele soweit das Auge reichte. Sogar verschiedenfarbige Kissen in Menschengröße, die herrlich kuschelig waren, konnte man dort auffinden.

Während ich dabei war, ein Buch auszusuchen, tippte mich jemand an der Schulter an.

Ich drehte mich um und blieb mit weit aufgerissenen Augen stehen. Es war Marco. „Irgendwie habe ich erwartet, dass du hier eines Tages aufkreuzen würdest", sagte er selbstsicher.

„Ich dich eher nicht", antwortete ich lachend.

„Ich wollte dich fragen, ob du Lust hättest, mit mir was zu unternehmen, aber da ich keine Handynummer von dir habe, musste ich nach dir suchen und hier habe ich mit dir am ehesten gerechnet", sprach er zu mir, so als müsse er sich vor mir rechtfertigen.

„Dann war ja deine Suche erfolgreich", grinste ich.

„Ich will sehr gerne etwas mit dir unternehmen, lass mich aber zuerst ein Buch ausleihen."

Also begab ich mich zu dem Automaten und lieh mir das Buch *TOTE MÄDCHEN LÜGEN NICHT* aus. Dafür musste ich nichts anderes tun, als meine Karte unter den Kartenleser zu tun. Das Buch verwahrte ich in meiner Handtasche.

Danach verließen wir die Bücherei und Marco schlug mir vor, ins Mcdonalds zu gehen. Ich stimmte zu, auch wenn ich mir vorgestellt hatte, dass, wenn Marco schon nach mir gesucht hatte, er wenigstens etwas mehr in petto hätte.

Dort angekommen wimmelte es wie so oft von großen Menschenmassen, was uns nicht weiter störte.

Marco bestellte sich nach ewig langem Anstehen ein Maxi Menü, während ich mich mit einem einzigen Chickenburger zufrieden gab, schließlich wollte ich nicht so enden wie die Leute aus der Fernsehsendung *THE BIGGEST LOSER*. Die Menschen unterzogen sich dort freiwillig mehreren Demütigungen, die live im Fernsehen ausgestrahlt wurden. Ihrer Absicht abzunehmen in aller Ehre, aber offenbar fehlte es ihnen an Würde.

Ich hielt meinen Burger in der Hand, aß ihn aber nicht. Stattdessen starrte ich zum Fenster raus und dachte an den Vorfall zwischen meiner Familie neulich.

Marco, der sein Menü genussvoll verzehrte, bemerkte meinen abwesenden Zustand. „Ist alles in Ordnung?", fragte er neugierig.

„Um ehrlich zu sein, verstehe ich meine Familie nicht. Warum müssen sie sich dauernd streiten. Wieso kommt es mir immer so vor, als würden sich alle gegenseitig hassen. Weshalb gibt es nie Anzeichen dafür, dass sie einen wirklich von ganzem Herzen lieben?", bombardierte ich ihn mit Fragen.

„Nun, man kann sich seine Familie nicht aussuchen", lachte er, als hätte er gerade einen hervorragenden Witz abgelassen.

Ich blickte ihn grimmig an.

„Spaß beiseite", fuhr er fort. „Ich kenne mich nicht so gut mit Geschwistern aus, da ich selbst ein Einzelkind bin, aber trotzdem weiß ich eine Menge über Familienstress zwischen Kindern und ihren Eltern. Es gibt immer zwei Arten der Ausdrucksweise bei Eltern. Entweder schreien sie dich an oder sie benutzen Wörter bzw. Gesten, die dir zeigen, dass sie dich lieben. Im Grunde genommen unterscheiden sich die beiden Arten kaum voneinander, da beide Ausdrücke der Liebe sind, auch wenn es verrückt klingt. Du musst die Wutanfälle nicht persönlich nehmen und beachten, dass sie nicht wegen dir sauer sind, sondern weil sie einfach einen schlechten Tag hatten und somit keinen weiteren Stress mit ihren Kindern gebrauchen können. Sie hassen ihre Kinder also nie wirklich, sie brauchen einfach nur für eine bestimmte Zeit ihre Ruhe und dann sind sie wieder ganz die Alten."

„Wow", antwortete ich erstaunt. „So habe ich das noch nie betrachtet."

„Das tun die wenigsten. Komm, wir gehen, es wird langsam spät.", forderte er mich auf.

Wir gingen zu der Haltestelle *KÖNIGSPLATZ*, wo sich unsere Wege trennten, weil er in eine andere Richtung fahren musste.

„Ich danke dir für das Gespräch neulich und für den schönen Abend", bedankte ich mich. „Fast hätte ich es vergessen, das wollte ich dir noch geben, damit du mich nicht mehr suchen musst."

Ich gab ihm einen kleinen Zettel mit meiner Handynummer darauf.

Bevor Marco auch nur einen Ton von sich geben konnte, küsste ich ihn auf die Wange.

Rot im Gesicht stieg ich in die Straßenbahn ein und riskierte einen kurzen Blick aus dem Fenster. Dabei sah ich, wie Marco vor Freude im Kreis hüpfte.

Unauffällig wandte ich meinen Blick ab, konnte mir aber ein leises Kichern nicht verkneifen.

15 Minuten später kam ich am Ziel an.

Als ich jedoch ausstieg, bemerkte ich, dass Natascha ebenfalls mitgefahren war. Sie ging im Eiltempo an mir vorbei, als hätte sie mich gar nicht bemerkt.

„Warte Natascha!", rief ich hinterher. „Ich will dir etwas Wichtiges sagen!"

Zu meiner Überraschung hielt sie tatsächlich an.

„Es tut mir leid" fuhr ich fort. „Was ich gestern gesagt habe, war falsch. Ich war einfach eifersüchtig, weil du in meinen Augen perfekt bist, nicht so ein braves Schulmädchen wie ich es bin. Ich schätze, dass bei mir einfach die Sicherungen durchgebrannt waren und dafür will ich mich entschuldigen."

Ich wartete erwartungsvoll auf ihre Antwort, doch sie starrte mich nur an und sagte nichts. Vermutlich suchte sie nach den passenden Worten. Dann endlich bewegte sie zögernd ihren Mund.

„Ich…, ich bin nicht perfekt", entgegnete sie. „Um ehrlich zu sein, fällt dieser Körper einem richtig zur Last. Was glaubst du, warum ich immer und immer wieder den Freund wechsle? Es liegt nicht daran, dass ich mit jedem Jungen ins Bett will, ganz im Gegenteil. Ich suche den richtigen Freund für mich, einen, der nicht immer nur auf Sex aus ist. Du bist außerdem kein braves Schulmädchen. Du bist zwar intelligent, aber dies muss ja nicht was Schlechtes heißen, da du dadurch eben einige Dinge besser kannst als andere. Ist jetzt nebenbei nicht böse gemeint, aber so brav bist du nun auch wieder nicht. Wenn du mal an unsere Kindheit zurückdenkst, dann wirst du merken, wie frech du eigentlich warst bzw. immer noch bist."

Einige Sekunden herrschte Totenstille.

Plötzlich fingen wir beide gleichzeitig zu lachen an.

„Du bist meine kleine Schwester und kein Streit der

Welt wird das ändern", sagte sie und wir umarmten uns.

Nachdem Natascha sich zu Hause bei unserem Vater für ihren Wutanfall entschuldigt hatte, konnte ich mit einem Lächeln im Gesicht schlafen gehen. Es hieße ja, dass wenn man mit einem Lächeln einschlafen, auch mit einem wieder aufwachen würde. Ich war gespannt, ob das der Wahrheit entsprach.

Kapitel 5 — Und sein Name war Jack

Ich hatte wunderbar geschlafen. Ich wachte mit einer außergewöhnlich hervorragenden Laune auf. Ich fühlte mich, als könnte an diesem Tag nichts schief gehen, als würde dieses Mal alles perfekt ablaufen. Leider ging mir dieses Gefühl schneller vorbei, als mir lieb war.

Denn als ich von Marco auf ein Konzert eingeladen wurde, hatte ich mich vorerst gefreut. Später erfuhr ich jedoch, dass es sich um eine Rap Challenge handelte, ein Event, bei dem jeder Teilnehmer einen selbstgeschriebenen Text präsentieren sollte, indem er diesen vor dem Publikum rappte. Er wurde von seinem Freund eingeladen, der an diesem Contest teilnahm.

Der Grund, wieso mir die Freude verflogen war, war der, dass Hip Hop überhaupt nicht meinem

Musikgeschmack entsprach. Für mich war es nicht einmal Musik, sondern einfach nur bloßes Gerede, bei dem man sich durch fäkale Ausdrücke wichtigmachen wollte.

Aus Angst vor solchen Menschen bat ich meine Schwester mitzukommen. Diese war glücklicherweise einverstanden und so machten wir uns auf den Weg.

Wir nahmen den Zug und stiegen nach nur einer Haltestelle aus. Den Treffpunkt der Veranstaltung konnten wir kaum verfehlen, da an einer Stelle sich schon eine große Menschenmenge versammelt hatte.

Unerwarteterweise ließ uns der Koloss von einem Wachmann nicht passieren.

„Eure Eintrittskarten bitte", verlangte er.

„Wir haben keine", antwortete Marco. „Ich bin ein Freund von dem Teilnehmer Jack Kingston und wurde von diesem eingeladen."

„Das sagen sie alle! Verschwindet, sonst kriegt ihr noch Probleme mit mir!", drohte er.

„Jo!", hallte es hinter der Wache.

„Jack?", fragte der Wachmann erstaunt.

Im Hintergrund erschien eine junge Gestalt mit kräftigen Oberarmen. Er hatte schwarze Haare, trug ein mit einem Schlagring verziertes T-Shirt mit abgerissenen Ärmeln und einer Jeans, die so tief hing, dass man schon die Unterwäsche von ihm sehen konnte.

„Alter, mach dich mal locker und lass die Homies da durch, sie gehören zu mir", entgegnete Jack.

„A…Alles klar Jack", stotterte er. „Tut mir leid, dass

ich euch nicht geglaubt hatte. Alles cool?"
Wir nickten und traten in die große Halle ein.
„Hey Bro, was geht? Sorry, dass dich der sture
Bock da nicht reingelassen hatte", entschuldigte er
sich.
Marco und Jack machten eine komische
Handbewegung, welches wohl einen Gruß
symbolisieren sollte.
„Ich muss mich jetzt auf meinen großen Auftritt
vorbereiten, du wirst sehen, das wird der Bringer.
Ich werde alle zur Strecke bringen, aber sowas
von", antwortete er selbstsicher.
Dem Gesichtsausdruck meiner Schwester zu
urteilen schien sie sehr angetan von seiner
Sprachweise.
„Jo Alter, du wirst die Sache schon klar machen, da
bin ich mir ganz sicher", ermutigte Marco ihn.
Jack ging fort und verschwand hinter der Bühne.
Es gab insgesamt drei Teilnehmer. Mir war zu
Ohren gekommen, dass es sich hierbei um das
Finale handelte, da anscheinend vorher schon
Battles bestritten worden waren, die auf den
heutigen Tag hinführen sollten.
Als die Aufmerksamkeit auf den ersten Teilnehmer
fiel, nutzte ich die Gelegenheit, um mich mit dem
Ort hier vertraut zu machen. Es war eine große
Halle, wo der ganze Raum total verdreckt war. An
den Wänden sah ich überall verschiedenartige
Graffitis. Die Menschen hier trugen allesamt
Klamotten mit ungewöhnlichen Schriftzeichen
darauf. Als Kopfbedeckung zogen sie entweder ihre
Kapuze an oder sie bevorzugten Caps, die sie meist

verkehrt herum angezogen hatten. An den Füßen bemerkte ich Markenschuhe, die ich auf einen Wert von mindestens 100 Euro einschätzte. Zu guter Letzt begnügte sich ein Großteil von ihnen mit Klunkern, Halsketten oder sogar goldenen Zähnen. Auch waren bei manchen Tattoos zu sehen. Also zusammengefasst lauter Möchtegerngangster. Mich würde es überhaupt nicht überraschen, wenn einige illegal Waffen besitzen würden.

Als ich mit meinen Beobachtungen abgeschlossen hatte, kam Jack auf die Bühne. Anscheinend war ich so sehr mit meiner Analyse beschäftigt, dass ich die Auftritte der vorigen Rapper nicht mitgekriegt hatte.

Die Musik lief inzwischen, doch Jack rührte sich nicht. Das Publikum und Jack starrten sich gegenseitig an und es hatte den Anschein, als hätte Jack einen Hänger. Doch als er auf meine Schwester blickte, legte er blitzschnell los:

„Warum leben wir in einer so grausamen Welt,
wo wir nicht tun und lassen können was uns gefällt,
wo der Schmerz die Oberhand über Freude gewinnt,
wo das Glück vor unseren Augen zerrinnt?

Ich habe keine Antwort auf all diese Fragen,
aber eines werde ich euch ein für alle Mal sagen.
Also sperrt eure Ohren auf und hört mich mal an,
weil dieser Satz euer erbärmliches Leben verändern

kann!

Refrain: Man hat nur ein Leben!
Denkt immer daran,
dann werdet ihr schon erkennen
was man dadurch ausrichten kann.

Anstatt wertvolle Zeit sinnlos zu verlieren,
solltet ihr alle möglichen Dinge ausprobieren.
Dann begreift ihr und werdet nach Größerem
streben,
denn ihr wisst nun: Man hat nur ein Leben!

Endlich hab ich es ans Licht gebracht und habe kein
Problem deswegen,
denn damit tu ich die Karten praktisch auf den Tisch
legen.
Sie zeigen die ganze menschliche Vergangenheit.
Sie zeigen viele Dinge, aber vor allem Leid!

Leid, bei dem man ganz einfach sagen muss.
Diese Menschen hatten keine Seele, diese
Menschen hatten einen Schuss!
Das lag einfach daran, dass sie nicht richtig
nachdachten
und sich diesen entscheidenden Satz nicht zum
Vorbild machten!

Refrain: Man hat nur ein Leben,.......

Mehr gibt es nicht zu sagen, jetzt seid ihr ganz auf
euch gestellt.

Wollt ihr so leben wie bisher oder verändert ihr eure Welt?
Das gilt nicht nur für euch, dass gilt hauptsächlich für alle.
Nehmt endlich diesen Satz an und geht Gott nicht in die Falle!

Refrain 2 Mal: Man hat nur ein Leben,.......“

Zu meiner Überraschung kamen in seinem Text nahezu keine fäkalen Ausdrücke vor. Er rappte es mit so einem Selbstvertrauen, dass ich schon fast neidisch werden musste.
Das Publikum tobte. Besonders meine Schwester jubelte so begeistert, als hätte sie gerade einen Sechser im Lotto gewonnen und Marco blickte zu ihm, als hätte er nichts anderes erwartet.
Nun kam der Schiedsrichter auf die Bühne und hielt das Mikrofon bereit, da der Gewinner durch die Lautstärke des Publikums ermittelt werden sollte.
„Seid ihr bereit, euren Favoriten anzufeuern? Wenn ja, dann kommen hier die drei Kandidaten!“, brüllte er in die tobende Menge hinein.
Kurz danach wurden die drei Teilnehmer nacheinander aufgerufen, wodurch die Menge beim Aufruf brüllte wie eine Horde Gorillas. Ich persönlich konnte nicht identifizieren, wer von den dreien den lautesten Applaus erlangte.
„Das ist ein heißes Spiel und die Entscheidung ist äußerst schwer, meine Freunde. Ich bitte um

Trommelwirbel, denn hier ist der Gewinner!", schrie er, zeigte jedoch nicht auf Jack. Dieser erreichte wenigstens den zweiten Platz und gewann eine Urlaubsfahrt für zwei Tage nach Australien mit Begleitung, während sich der Gewinner des Turniers einen gültigen Plattenvertrag ergatterte. Die Finalisten schüttelten sich die Hände und gingen getrennte Wege.

Wir warteten auf Jack außerhalb der Halle, da uns der Tumult drinnen zu viel wurde. Als er raus kam, dauerte es keine Sekunde, bis Marco seinen Mund aufmachte. „Mach dir nichts draus, Jack. Die haben doch keine Ahnung, was Talent ist!", tröstete er ihn. „Ich fand dich von allen am besten!", äußerte sich Natascha und wir alle nickten. „Danke Leute! Ich wüsste nicht, was ich ohne euch machen würde", bedankte er sich und lächelte.

Die Reise nach Australien legten wir für die kommenden Winterferien fest, wann genau war noch unklar.

Auf dem Nachhauseweg redeten wir nicht mehr viel, da es ein ziemlich anstrengender Tag war.

Zu Hause angekommen torkelte ich in mein Zimmer und fiel, ohne mich auch nur auszuziehen, ins Bett und schlief augenblicklich ein. Diese Art vom Einschlafen passierte bei mir generell dann, wenn ich ein reines Gewissen hatte.

Kapitel 6 — Im

Reich der Träume

Als ich meine Augen öffnete, traf mich der Schlag.
Ich lag auf einer großen grünen Wiese umgeben
von tausenden und abertausenden von Blumen.
Mit offenem Mund erhob ich mich, während die
Sonne mich mit einer Wärme traf, wie man sie bei
einem warmen Bad kannte.
Langsam bewegte ich mich zu den Blumen, um
diese näher zu betrachten.
Als ich eine pflücken wollte, um an ihr zu riechen,
bewegte diese sich plötzlich. Sie flog in die Luft und
die anderen folgten ihr.
Beim genaueren Betrachten erkannte ich, dass es
sich um keine Blumen, sondern um eine Schar
Schmetterlinge handelte.
In die Luft blickend beobachtete ich, wie die
Schmetterlinge aus ihren eigenen Körpern Formen
bildeten. Kreise, Verzierungen, also kurz gesagt
ganze Mandalas konnte ich erkennen. Es war wie in
einem Märchen, das ein kleines Kind sich
ausgedacht hatte.

Plötzlich schienen die Schmetterlinge beunruhigt zu sein. Sie formten sich zu einem Pfeil, dass mir symbolisieren sollte, mich umzudrehen.

Ich gehorchte, geriet aber sofort in Panik, als ich die Flammensäule bemerkte, die sich auf der Wiese ausbreitete. Umgeben von ihr stand ich hilflos da, bis ich ein Zehren bemerkte.

Meine fliegenden Freunde packten mich an meinen Klamotten und zogen mich, was ich für unmöglich hielt, in die Luft. Erst jetzt wurde mir klar, dass ich träumen musste. Nichtsdestotrotz war es ein herrliches Gefühl, die Welt aus einer anderen Perspektive betrachten zu können. Leider hielt dies nicht lange an, da die Schmetterlinge mich nur kurze Zeit in der Luft halten konnten, glücklicherweise aber lange genug, um den Flammen zu entkommen. Sie setzen mich ab und flogen davon.

Es fühlte sich ziemlich weich unter meinen Schuhen an, schließlich stand ich ja auch im Sand.

Vor mir war der Ozean, doch er war nicht so rein, wie ich es erhofft hatte, da ich dort überall Holzbretter treiben sah. Zudem entdeckte ich eine Frau, die am Strandrand lag.

Da sie sich nicht rührte, eilte ich schnell wie der Wind zu ihr. Ich zog sie weiter vom Ufer weg und drehte sie um, sodass sie auf dem Rücken lag. Als ich dies jedoch getan hatte, erschrak ich. Die Frau sah aus wie meine Schwester. Zudem atmete sie auch nicht mehr. Obwohl es ein Traum war, hatte ich Angst, sie zu verlieren.

Ohne zu zögern leistete ich Erste Hilfe bei ihr. Nach

einigen Herzdruckmassagen und Mund zu Mund Beatmungen spuckte sie plötzlich Wasser und war wieder bei Bewusstsein.

„Natascha! Gott sei Dank geht es dir gut!" schrie ich und umarmte sie.

Sie stieß mich weg.

„Wie könnt Ihr es wagen, mich anzufassen?", fragte sie empört.

„Geht es dir gut Natascha?", fragte ich besorgt. „Du redest so wirr."

„Wer um Himmels Willen ist Natascha? Ich bin Zarin Nathalie und verbiete mir so einen Ton!", beschwerte sie sich.

Ich merkte, dass es nichts brachte, ihr zu widersprechen, da sie in dieser Welt ein ganz anderer Mensch war, zumindest kam es mir so vor.

„Was ist das denn hier für ein verlassener Ort? Hier sieht es aus wie in meinem Irrgarten und so riecht es auch. Ich will wieder in mein Schloss zu meinem Gemach", jammerte sie.

Sie blickte zu mir.

„Du da!", zeigte sie auf mich. „Ja dich mein ich. Da du mir mein Leben gerettet hast, hast du die Ehre, mir zu dienen. Als erstes besorgst du mir etwas zu essen."

Ich stand regungslos da.

„Hast du Tomaten in den Ohren? Was stehst du denn da noch in der Gegend herum. Los, beweg dich endlich!", brüllte sie.

Ohne auch nur mit der Wimper zu zucken bewegte ich mich grundlos Richtung Dschungel, der sich über die ganze Insel erstreckte. Noch nie im Leben sah ich so viel Grün wie in diesem Moment. Das Klima war alles andere als angenehm. Es war feucht, richtig feucht. Aus jeder Ecke kamen Geräusche. Für einen Traum wirkte dieser Ort ziemlich real.

Ich entdeckte einen Baum, an dem Bananen hingen. Augenblicklich kletterte ich wie ein Profi und holte mir diese, obwohl ich im Klettern eine Niete war. Dann kehrte ich zu der angeblichen Zarin zurück.

„Wurde aber auch Zeit!", klagte Nathalie und verschlang die Bananen, als hätte sie wochenlang nichts gegessen.

Ein einfacher Dank hätte mir auch gereicht.

Wir setzten unseren Weg fort, obwohl ich nicht den blassesten Schimmer hatte, wohin wir eigentlich gingen.

Plötzlich blieben wir stehen, weil wir ein Rascheln in einem Gebüsch wahrnahmen. „Wenn ich los sage, dann rennen wir", flüsterte ich.

„Ich denke gar nicht dran, mich von einem niederträchtigen Diener wie dir kommandieren zu lassen. Wir laufen, sobald ich los sage!", befahl sie mir.

Da bereits in diesem Satz das Wort enthalten war, düste ich ohne zu zögern los.

„So eine Frechheit", beschwerte Nathalie sich, raste dann aber auch in die gleiche Richtung.

Einige Sekunden später bestätigte sich meine Vermutung. Wir wurden tatsächlich von einem Raubtier verfolgt, jedoch konnte ich aufgrund der Panik, die ich hatte, nicht erkennen, um welches

Tier es sich handelte. Was ich aber wusste, war die Tatsache, dass die meisten Fleischfresser im Dschungel zwar schnell, aber nicht lange sprinten konnten. Da wir aber nicht genug Vorsprung hatten, um diese Tatsache auszunutzen, mussten wir uns anderweitig verhelfen.

Die einzige Möglichkeit war es, auf einen Baum zu klettern und das taten wir auch, ich zumindest.

„Beeil dich und klettere rauf", hetzte ich sie. „Ich mach mir doch nicht die Hände schmutzig", jammerte sie.

„Was ist dir wichtiger? Willst du lieber dreckige Hände haben oder als Futter enden?", fragte ich.

„Da ist was dran", sah sie ein und kletterte klagend hinauf.

Erst jetzt blickten wir der Gefahr direkt in Gesicht.

Es war ein Leopard.

Diese große Katze hatte einen so hohen Sprung drauf, dass sie unsere Füße fast mit ihren Pfoten erreichte und wenn nicht bald was geschehen würde, dann würde dies vielleicht sogar geschehen.

Ich hörte einen Knall.

Der Leopard fiel in Zeitlupe zu Boden. Trotzdem hatte ich das Gefühl, dass wir noch in Gefahr waren.

Ich täuschte mich nicht, denn im nächsten Moment richtete jemand eine Schrotflinte auf uns.

Es knallte erneut.

Um mich zu retten, ließ ich den Baum los und stürzte runter. Während ich fiel, war mein Blick auf Nathalie gerichtet, bei der ich eine tödlich blutige Wunde bemerkte.

Ich wollte nicht mehr hinsehen und schloss die Augen, in der Hoffnung, wieder aufzuwachen.

Als ich sie wieder öffnete, war alles um mich herum pechschwarz.

So viele Fragen schossen mir durch den Kopf: „Träumte ich immer noch? Oder war ich gar tot?"

Ich fand weder die Antworten auf diese Fragen, noch einen Weg, den ich nehmen konnte. Es kam mir vor, als wäre ich blind, gefangen im endlosen Nichts.

Plötzlich sah ich eine Silhouette in der Entfernung, die sich langsam auf mich zu bewegte. Ich strengte mich extrem an, um die Gestalt zu identifizieren, doch irgendwann war sie nah genug, dass dies nicht mehr vonnöten war.

Es war Marco! Ich war richtig froh, ihn zu sehen, bis ich einen fast unheimlichen Blick in ihm bemerkt hatte.

„I...Ist alles in Ordnung?", fragte ich stotternd.

Er antwortete nicht.

Stattdessen näherte er sich mir immer näher, was noch unheimlicher war als der Blick von vorhin.

Während ich gedankenverloren versuchte herauszufinden, was das Ganze sollte, bemerkte ich zu spät, was er vorhatte. Seinem verdächtigen Näherungsversuch zu urteilen wollte er mich küssen.

Es war keine Sekunde vergangen, bis sich unsere Lippen zärtlich berührten.

Dann jedoch entfernten wir uns beide voneinander, ohne dass wir uns bewegten. Es war, als standen wir beide auf einem unsichtbaren Fließband, die

sich in entgegengesetzter Richtung fortbewegten.
Ich streckte meine Hand aus, in der Hoffnung,
Marco würde nach ihr greifen, doch er war bereits in
der Dunkelheit verschwunden.

Vor lauter Schreck wachte ich auf, allerdings lag ich
nicht mehr in meinem Bett, sondern auf dem Boden.
Anscheinend hatte ich mich während meinem
Traum fürchterlich viel bewegt.

Was jedoch viel wichtiger war, war die Wirkung, die
dieser Traum auf mich hatte. Ich hatte plötzlich das
unfreiwillige Bedürfnis zu erfahren, wie sich andere
Paare fühlen mussten, wie es ihnen erging, sowohl
seelisch als auch körperlich.

Blitzartig schossen mir viele seltsame Fragen durch
den Kopf: „Wieso denke ich über Beziehungen
nach? Warum will ich auf der Stelle mein Single-
Leben aufgeben. Was ist das für ein Kribbeln in
meinem Bauch? Bin Ich etwa in Marco verliebt?"

Kapitel 7 –

Ausflug in die Vergangenheit

Den Rest der Nacht konnte ich kein Auge zudrücken. Mir schwirrten zu viele Gedanken durch den Kopf.

Ich hielt es nicht mehr aus. Ich musste weg. Ich brauchte einen Ort, um mich zu beruhigen. Es gab nur eine einzige Gegend, wo dies möglich war. Zurück nach Hause. Zu meinem alten Zuhause.

Ich beschloss meinen Eltern nichts zu sagen, da sie mir wahrscheinlich nicht gestatten würden, alleine zu reisen.

Also packte ich das Notwendigste ein und schlich mich vorsichtig aus dem Haus. Glücklicherweise war es noch sehr früh, weswegen meine Eltern höchstwahrscheinlich noch schliefen bzw. bereits auf der Arbeit waren.

Trotz meiner Angst, das erste Mal in meinem Leben

alleine reisen zu müssen, ließ ich mich nicht umstimmen. Mir stand das Wasser bis zum Hals und ich brauchte einfach einen Ort, um Dampf abzulassen, auch wenn das bedeutete, sehr viel Zeit und Nerven in diese Sache zu investieren. Schlussendlich begab ich mich zum Hauptbahnhof. Bevor ich aber in den Zug stieg, der ja erst in einer halben Stunde abfahren sollte, holte ich mir schnell einen Imbiss im McDonalds nebenan.

Während ich auf mein Essen wartete, welches ich bestellt hatte, tippte mich jemand an der Schulter an. Es war niemand geringeres als Marco und Jack.

„Hey Asia", begrüßten sie mich.

Inzwischen hatte ich aufgehört, mich über diesen blöden Spitznamen zu beschweren. Um ehrlich zu sein hatte ich mich irgendwie daran gewöhnt und mochte ihn eigenartigerweise.

„Verfolgt ihr mich?", fragte ich überrascht.

„Wir könnten dich dasselbe fragen", entgegneten sie gleichzeitig, weswegen wir uns einen Lachausbruch nicht verkneifen konnten.

Als wir uns wieder beruhigten, kamen Jack und Marco gleich zur Sache.

„Jack hat mir kürzlich erzählt, dass er vor kurzer Zeit eine verlassene und gut versteckte Bude entdeckt hatte. Demnächst wird er sich dort einnisten, sobald die Verhandlungen mit dem jetzigen Besitzer abgeschlossen sind. Die ganzen Möbel hatte er sich vom Sperrmüll besorgt. Jedenfalls wollte er sie mir gerade präsentieren und da wir dich zufällig erblickten, wollten wir fragen, ob du gleich mitkommen willst. Wir könnten diese Bude zu unserem geheimen Treffpunkt machen", flüsterte Marco mit hastiger Stimme.

„Das ist wirklich klasse", antwortete ich, „aber ein anderes Mal. Ich brauche heute Zeit für mich allein, wenn es euch nichts ausmacht."

„Natürlich macht es uns nichts aus. Es ist ja nicht so, als würde die Bude weglaufen", grinste Marco, als hätte er gerade einen richtig guten Witz abgelassen.

Doch als er merkte, dass mir nicht nach Lachen zumute war, wurde er ernst: „Willst du wenigstens darüber reden?"

Ich schüttelte den Kopf und machte den Jungs mit einer Handbewegung auf die Uhr deutlich, dass ich schleunigst gehen musste.

Diese nickten verständnisvoll und wandten sich von mir ab.

Ich war mittlerweile spät dran und musste rennen, um den Zug nicht zu verpassen. Als ich jedoch am richtigen Gleis ankam, war dieser noch nicht einmal da.

„Immer dasselbe!", ärgerte ich mich. „Diese unzuverlässigen Züge schaffen es nie, ihre gesamte Strecke im geplanten Zeitraum zu absolvieren. Für Verspätungen sind sie ja bestens bekannt."

Ich seufzte und redete mir dauernd ein, es sei nicht wert, sich über solche Dinge aufzuregen. Es gab schließlich Wichtigeres.

Als der Zug endlich ankam, nebenbei bemerkt mit acht Minuten Verspätung, stieg ich ein und suchte mir einen Platz. Nicht verwunderlich war, dass viele Passagiere alleine saßen und den Sitzplatz neben sich für deren Gepäcktaschen besetzten. Die Menschen waren heutzutage nicht mehr so gesellig wie es früher mal war.

Bei dem Anblick konnte ich mir einen Seufzer nicht vermeiden. Dieser war so laut, dass die meisten Anwesenden in diesem Wagon es bemerkten, was mich jedoch nicht weiter störte.

Ich pflanzte mich also auf einen freien Platz und bereitete mich auf eine lange und vor allem langweilige Zugfahrt vor. Wenn ich kein Buch zum Zeitvertreib dabei hätte, was glücklicherweise nicht der Fall war, dann würde ich vor Langeweile sterben.

Als kleines Kind fand ich Züge faszinierend und freute mich jedes Mal, wenn ich mal in einem dieser großen Fortbewegungsmittel fahren durfte. Mittlerweile widerten sie mich nur noch an.

Ich ließ mich nicht weiter durch diese Gedanken ablenken und fing mit meinem Buch an.

Die Zeit verging wie im Flug und schnurstracks war ich in Ingolstadt.

Von dort aus stieg ich in einen Bus. Diese verabscheute ich noch mehr als Züge, wenn auch erst seit dem Ereignis mit dem Umzug.

Als ich im Bus nach einem Sitzplatz Ausschau hielt, bemerkte ich eine Person, die mir bekannt vorkam. Es war ein molliger Junge mit ebenso dicken Lippen und Wangen. Ob es wirklich genau der Junge war, der mich in der Grundschulzeit wegen meiner Körpergröße gehänselt hatte, wusste ich nicht.

Jedenfalls erkannte er mich offensichtlich nicht.

Ich ließ mich nicht weiter beirren und setzte mich

ganz vorne hin, um die anderen Mitfahrer keines Blickes würdigen zu müssen.

Die Busfahrt dauerte nicht so lange, dafür war sie umso beschwerlicher, da ich aufgrund des wackelnden Busses nicht die Möglichkeit hatte, zu lesen. Würde ich dies dennoch versuchen, so würde sich in mir ein Schwindelgefühl aufbauen, weil mein Gehirn sich auf zwei Sachen gleichzeitig konzentrieren müsste. Deswegen packte ich mein Buch gar nicht erst aus.

Stattdessen musste ich dem Sekundenschlaf, der nach kurzer Fahrtzeit bereits auftauchte, standhalten. Ich konnte es mir nicht leisten, meine Haltestelle zu verpassen.

Als in der Durchsage das Wort *DENKENDORF* ertönte, war ich sofort wieder bei Bewusstsein und meine miese Stimmung war wie weggeblasen.

Ich stieg mit dem molligen Jungen von vorhin an der *MEIERHOFSTRASSE* aus, was für mich Bestätigung genug war, dass es dieser Junge aus meiner Grundschulzeit gewesen sein musste. Die Straße, die ich bereits erwähnte, war nach der Schule oft der Treffpunkt vieler Jugendlicher.

Als Allererstes begab ich mich zu dem Supermarkt *SIPL*. Der Sohn der Besitzerin dieses Marktes ging mal in meine Klasse.

Als ich aber eintrat, fand ich mich nicht mehr zurecht. Offenbar wurde dieser Laden während meiner Abwesenheit renoviert. Ich ersparte mir die Suche nach etwas Bestimmtem und kaufte mir einfach ein Sandwich beim Bäcker.

Bevor ich aber meinen Weg in die

HAUPTSTRASSE, die bergauf ging, einschlug, machte ich kurz Halt an einem besonderen Örtchen in der Nähe davon. Es war eine kleine runde Fläche im Zentrum einer Kreuzung. Auf diesem Platz befand sich ein Häuschen, gerade mal ein Kopf höher als ein durchschnittlich großer Mann. In ihr stand die heilige Mutter Maria, umgeben von ein paar Kerzen und einem Gitter. Am Rande der Fläche wuchsen viele wunderschöne Blumen.
In der Mitte waren zwei Sitzbänke, weswegen sich dieser Ort prima als ein Treffpunkt eignete. Hinter einer Bank befand sich eine Statue von einem deutschen Jungen und einem russischen Mädchen, die sich Geschichten zufolge ineinander verliebten. Es war ein Symbol der Partnerschaft zwischen Denkendorf und Moskau, der Hauptstadt Russlands, in der übrigens auch genau dieselbe Statue stand.
Wäre hier kein ständiger Verkehr, so könnte ich hier richtig meine Seele baumeln lassen, jedoch war dem im Moment nicht so.
Kurze Zeit später war ich auch schon auf der *HAUPTSTRASSE*.
Ich wusste noch genau, wie ich hier Prospekte ausgeteilt hatte, um an ein bisschen Geld ranzukommen. Aufgrund beschwerlicher Umstände wie die schlechten Wetterverhältnisse und die Höhenlage hängte ich diese Beschäftigung nach einem ganzen Arbeitsjahr an den Nagel. Genützt hatte es mir auf jeden Fall, denn dank der Arbeit kannte ich jeden Winkel dieses Dorfes auswendig. Inzwischen befand ich mich an der Gabelung der

Straße. Ich entschied mich für den rechten Weg, da dieser sich dann in drei weitere Wege spaltete, die alle zu meinem alten Haus führten. In diesem Gebiet gab es nichts, was erwähnenswert wäre.

Ich bog in die Straße ein, die von allen am steilsten war. Der Grund war recht simpel. Bei den anderen zwei Wegen gab es eine Menge Hundebesitzer, die sich meist um grundlos bellende Biester kümmerten, vor denen ich richtig Angst hatte.

Langsam aber sicher ging ich die Straße hoch, bis ich schließlich an der Gabelung ankam, von denen eine Straße mich auf direktem Wege nach Hause bringen würde. Diese hob ich mir aber bis zum Schluss auf.

Stattdessen wollte ich noch meine Tante besuchen, die hier ganz in der Nähe lebte und die ich schon seit Jahren nicht mehr gesehen hatte.

Ich klingelte an die Tür und wartete.

Als diese sich öffnete, wurde ich angenehm überrascht. Es war die Tochter meiner Tante, die mich anstarrte, als würde sie mich nicht kennen. Für einen kurzen Moment war dies auch der Fall, denn es dauerte eine Weile, bis sie mich identifiziert hatte. „Anastasia? Bist du das wirklich?", fragte sie mit weit aufgerissenem Mund.

Ich nickte.

Sie bat mich herein und sagte, ich solle mich wie zu Hause fühlen. Das nahm sie ziemlich wörtlich, wie mir bewusst wurde, da sie mich mit Snacks, Getränken und Süßigkeiten nur so bombardierte. Im Prinzip hatte sich hier rein gar nichts verändert, bis auf eine Sache.

Sie hatte einen Sohn.

Erst jetzt wurde mir bewusst, wie lange ich hier nicht mehr zu Besuch war, da ihr Kind schon zweieinhalb Jahre alt war und ich ihn zum ersten Mal gesehen hatte. Nach einer langen Unterhaltung, die ziemlich langweilig verlief, weil meistens nur sie über dies und jenes erzählte, verließ ich die Wohnung, da ich schließlich noch meine ehemalige Wohnung besuchen wollte.

Also begab ich mich zu der Straße, die sich *KRUMMWIESEN* nannte. Wenn ich das Wort nur hörte, wurde mir schon warm ums Herz.

Obwohl ich versuchte, so schnell wie möglich bei meinem Haus anzukommen, kam es mir vor, als würde ich die kurze Strecke in Zeitlupe durchgehen. Nach einer halben Ewigkeit standen die zwei Zwillingshäuser, umgeben von einer wunderschönen, mit Löwenzähnen überfüllten Wiese, vor mir. In dem linken wohnte ich, in dem rechten lebte früher mal ein Cousin von mir.

Aufgeregt betrat ich das weiße zweistöckige Gebäude.

Ich war froh, dass es noch nicht dunkel war, denn es gab mal eine Zeit, an dem hier der Lichtschalter nicht funktionierte.

Zu dieser Zeit war ich noch klein und befürchtete, dass kleine Wesen, die oft in meinen Alpträumen auftauchten, mich kidnappen würden, wenn ich auch nur ein Geräusch erzeugt hätte. Diese kleinen Wesen waren in meiner Fantasie kleine Zwerge mit Hexengesicht und einem schwarzen Mantel mit Kapuze, wie man sie vielleicht bei Mönchen kannte, nur eben in schwarz und nicht in braun. Sie hausten im Keller und scheuten das Licht.

Während ich die Treppen hinaufstieg, musste ich bei dem Gedanken lachen, wie ich mich damals angestellt hatte, nur um ja kein Geräusch zu erzeugen. Hatte ich dies nämlich nicht geschafft, so lief ich panisch zu der geschlossenen Haustür.

Als ich im ersten Stockwerk ankam, bemerkte ich, dass die Haustür zu meiner früheren Wohnung einen Spalt breit offen war.

„Ist jemand zu Hause?", rief ich.

Doch keine Antwort.

Wie von Zauberhand betrat ich die Wohnung, ohne zu wissen, was mich dazu verleitet hatte.

Zitternd stand ich nun im Gang und betrachtete diesen. Am Design der Dekoration konnte es sich bei den Bewohnern nur um Türken handeln.

„Warum ausgerechnet Türken?", schimpfte ich so leise wie möglich.

Plötzlich hörte ich ein Geräusch aus dem Wohnzimmer.

Dummerweise rannte ich in mein früheres Zimmer und versteckte mich im Kleiderschrank, anstatt ganz einfach wieder den Weg zu nehmen, aus dem ich reingekommen war.

Mein Herz pochte.

Ich ließ den Schrank einen Spaltbreit offen und riskierte einen kurzen Blick. Ein Mann mit einem Bierbauch stand vor dem Schrank und durchsuchte das Zimmer. Er schrie jemandem irgendetwas auf Türkisch zu und verschwand wieder. Ich musste tief durchatmen, nicht nur wegen der Erleichterung, nicht bemerkt worden zu sein, sondern auch wegen der Tatsache, dass ich mich in meinem früheren Zimmer aufhielt.

Nach einem kräftigen Atemzug ließ ich mir die Bilder von damals durch den Kopf gehen.

Nordöstlich vom Schrank stand immer mein aufklappbares Bett, daneben dies meiner Schwester. Wenn ich richtig mies gelaunt war, dann versteckte ich mich immer in der Ablage des Bettes, wo die Bettwäsche lag.

Direkt vor dem Schrank war unser extrem breiter Schreibtisch mit einem ebenso langen Abstellplatz, auf der wir sämtliche Plüschtiere, die wir entweder geschenkt, in einer Tombola gewonnen oder gekauft hatten, platzierten.

Mittlerweile hatten wir sie alle weggeschmissen, da in der Zeit des Umzugs diese im Keller lagen, wo sie von Mäusen zernagt wurden. Nur meine kleine Plüschmaus, die ich Scratchy getauft hatte und die mich nun seit gut sieben Jahren mithilfe eines Anhängers begleitete, war mir geblieben. Sie hatte eine modische Lederjacke an und ein ringförmiges Piercing steckte ihr im linken Ohr.

Schließlich war dann noch nordwestlich vom Schrank der Fernseher. Damals rannte ich immer von der Schule nach Hause, nur um noch wenigstens die letzten 15 Minuten meiner Lieblingsserie auf diesem Gerät nicht zu verpassen. Es gab mal einen tragischen Moment, bei dem ich ahnungslos mit meiner Schwester auf diesen Fernseher blickte, ehe meine Eltern mit zusammenhaltenden Händen, ja fast schon zusammengeschweißt, in mein Zimmer kamen, um mir auszurichten, dass mein über alles geliebter Hamster mit dem Namen Tutzi verstorben war.

Mit Tränen in den Augen rannte ich sofort zum Käfig, wohl wissend, dass mich der Anblick innerlich umbringen würde. Da lag sie dann regungslos, aber friedlich neben ihrem angebauten Futterlager, umgeben von mir, einem auf den Knien sitzenden, permanent weinendem Mädchen. Das war das dritte und letzte Mal, dass meine Eltern mich in so einem verzweifelnden Zustand begutachten mussten, bis sie beschlossen hatten, mir keine Haustiere mehr zu kaufen, da sie das einfach nicht noch einmal ertragen konnten.

Eigentlich wollte ich ja immer eine Katze haben, doch meine Eltern waren stets strikt dagegen, deswegen reichte mir meine Bettlerei damals wenigstens für einen Hamster. Insgesamt waren es am Ende dann nacheinander drei Hamster, allesamt Weibchen.

Die erste starb, weil wir einen viel zu hohen Käfig von Freunden der Eltern bekommen hatten. Sie kletterte gerne auf diesem, fiel aber ebenso oft runter, wodurch sie irgendwann ihren Rücken brach, die Atemwege folglich blockiert wurden und sie erstickte.

Die zweite, die ich wie den ersten Hamster Goldi getauft hatte, verstarb an einer Krankheit, die sich nicht einmal der Tierarzt erklären konnte. Sie war wie aufgebläht, lag nur noch mit geschlossenen Augen da und konnte sich nicht mehr bewegen, sondern nur noch atmen.

Um den Leid ein Ende zu bereiten, ließ ich sie mit verletztem Herzen einschläfern. Diesen Hamster hatte ich auf der zuvor erwähnten Wiese nicht beerdigt, da der Tierarzt den „Inhalt" von Goldi zu Untersuchungszwecken behalten wollte.

Tutzi, mein dritter und letzter Hamster starb an Altersschwäche, wodurch der unausweichliche Abschied umso verheerender war.

Die Anzeichen waren im Vornherein bereits deutlich. Das sonst nachtaktive Wesen, welches sich nicht gerade oft blicken ließ, kam sogar tagsüber regelmäßig heraus und wollte ununterbrochene Aufmerksamkeit von mir. Beim Laufen stolperte sie ab und zu und auch beim Stehen tat sie sich schwer.

Sie wusste es!

Sie wusste genau, dass ihre Zeit gekommen war. Das war ihre Art, sich von mir zu verabschieden. Ich werde sie alle nie vergessen.

Ich befand mich immer noch versteckt im Schrank, als mich ein rumpelndes Geräusch aus meiner Trance weckte. Es war an der Zeit, aus diesem vom Stil und von der Atmosphäre her nicht mehr wiederzuerkennenden Raum zu verlassen, was sich als recht schwierige Angelegenheit herausstellte, da der Mann von vorhin sich im Zimmer aufhielt und ein Buch las.

Ich hatte keine Wahl.

Als erfahrene Buchleserin musste ich darauf hoffen, dass er zu vertieft in sein Buch sein würde, als das er die Geschehnisse in seiner Umgebung bemerken könnte.

So öffnete ich die Schranktür geräuschlos und mit Bedacht und schlich mich auf Zehenspitzen aus dem Zimmer raus Richtung Eingangstür.
Zeitlupenmäßig drückte ich auf die Türklinke und zog die Tür soweit, bis ein Spalt groß genug zum Durchgehen entstand.
Im Gang drehte ich mich um 180 Grad, um die Tür von außen zu schließen. Während ich das tat, sah ich aus dem Wohnzimmer die Frau, die mich mit aufgerissenen Augen anstarrte und mit einem weit geöffnetem Mund fassungslos da stand.
Jetzt half es auch nicht mehr, mucksmäuschenstill zu sein.
Panisch knallte ich die Tür zu und rannte, was das Zeug hielt. Zwar bezweifelte ich, dass sie genug gesehen hatte, um die Polizei zu rufen und ihnen eine vernünftige Beschreibung von mir zu liefern, zudem eh nichts geklaut wurde, trotzdem musste ich wegen Hausfriedensbuch auf Nummer sicher gehen und mich weitmöglichst vom „Tatort" entfernen. Glücklicherweise kannte ich genau den richtigen Ort, um mich für eine Weile zu verstecken.

Kapitel 8 – Der Tag, an dem es „Klick" machte

Erst einmal verschnaufen, schließlich sprintete ich die gesamte Strecke bis hin zur MEIERHOFSTRASSE wieder zurück.
Unglaublich, wie viel Ausdauer ich trotz meines Asthmas zur Verfügung hatte. Da hatte sich doch die dreijährige Therapie namens Hyposensibilisierung, bei der mir einmal pro Monat eine Spritze zur Reduzierung allergischer

Symptome in Verbindung zu meinem Asthma verabreicht wurde, bezahlt gemacht.

Jedenfalls musste ich zu meiner alten Schule, dass wohl sicherste Versteck, bis Gras über das Ereignis gelaufen war. Außerdem war es ein schöner Gedanke, die Personen zu besuchen, denen man so viele Dinge zu verdanken hatte, die in der Zukunft wichtig werden würden.

Um dorthin zu kommen, musste ich wieder zu der Statue mit dem deutschen Jungen und dem russischen Mädchen, dann über die Straße und vorbei an der Feuerwehr, wo zudem sich noch die Bücherei von Denkendorf befand.

Von hier aus musste ich nur einem halben Kilometer langen Weg folgen, um mein Ziel zu erreichen.

Einmal hatte ich versucht, die komplette eineinhalb Kilometer lange Strecke von meinem Zuhause bis hin zur Schule blind zu laufen, indem ich mir einfach meine Mütze über die Augen zog. Ich wollte mir selbst beweisen, dass ich den Schulweg in und auswendig kannte. Ich rannte dabei insgesamt drei Mal gegen einen Laternenpfahl und stolperte einmal bei einer Bergsteinkante, wodurch ich mir ein Loch am Knie meiner Jeans eingraviert hatte. Geschafft hatte ich es aber trotzdem.

Am Schulgrundstück angekommen sah ich den im Freien neu fertig gestellten Pausenhof für die Schule.

Bevor ich auf die Schule nach Beilngries wechselte, war ich an diesem Projektbau beteiligt, da ich damals Naturkunde als freiwilliges Wahlfach genommen hatte. Es war sehr spannend, wir durften Unkraut jäten, den Boden unter uns ausgraben, mit Steinen einen neuen Gehweg erstellen, usw.

Das Beste daran war, dass das alles während unserer Unterrichtszeit ablief und wir während der Schulzeit im Freien waren. Leider musste ich weg, bevor das Projekt sein Ende fand. Nichtsdestotrotz sah es nun fabelhaft aus und ich war stolz, dabei gewesen zu sein.

Ein paar Schritte weiter strahlte mir meine Grundschule entgegen. Sie hatte einen neuen blauen Anstrich bekommen, was der Schule ein anmutiges Flair verpasste. Unser alter Pausenhof wurde komplett demoliert, überall lagen Steinhaufen herum und der Boden wurde samt der brunnenähnlichen Statue in der Mitte ausgerissen. Da stand ich nun in der Aula mit ihren dekorativ verzierten Fenstern, umgeben von vielen Kleinkindern. Die Pause fand drinnen stand, weil es draußen zu regnen begann.

Als ich mich nun angewurzelt an einer Wand anlehnte und wartete, in der Hoffnung meine alten Lehrer zu treffen, wurde ich von vielen Kindern angequatscht, die mich fragten, ob ich hier ein Praktikum machen würde, was ich natürlich verneinte. Das war verständlich, so etwas kam in dieser Schule oft vor, meine Schwester hatte dies hier sogar mal vollzogen.

Dem ersten Erwachsenen, den ich begegnete, war mein ehemaliger Englischlehrer Robert Böhm, den ich früher spaßeshalber Robatle genannt hatte.

Geändert hatte sich an ihm rein gar nichts. Graue Haare, Brille und sein ebenso grauer, stets gepflegter Schnauzbart waren seine Markenzeichen, mal abgesehen von den T-Shirts mit den streifenförmigen Mustern, die er so gern trug. Durch ihn lernte ich die englischsprachigen Grundkenntnisse und nebenbei auch erfuhr ich von ihm, was der grüne Punkt auf den vielen Lebensmittelverpackungen zu bedeuten hatte. Bedauerlicherweise erkannte er mich nicht mehr und ging desinteressiert an mir vorbei in das Lehrerzimmer.

Ich folgte ihm, in der Hoffnung auf die Personen zu treffen, auf die ich wirklich aus war.

Die Verfolgung dauerte nur kurz an, da mir Irene Gabler, meine Klassenlehrerin der dritten und vierten Klasse, auf halbem Wege entgegenkam. Sie hatte immer noch das sonnenstrahlende Gesicht und das wohltätige Gemüt von damals, was mir bei vielen Wandertagen, einem Schiffsausflug und selbstverständlich im Schullandheim schöne Kindheitserinnerungen bescherte.

„Anastasia Hudson", empfing sie mich mit einem breiten Grinsen, „lang ist es her." „In der Tat Frau Gabler, in der Tat", stimmte ich ihr wohlgesonnen zu.

Bevor die relativ große Lehrerin mit den dunkelrot gefärbten, lockigen Haaren und der Lesebrille im Gesicht von sich einen weiteren Satz geben konnte, wurde unser kurzes Pläuschchen vom Konrektor der Schule unterbrochen.

Zum einen war es schade, schließlich interessierten

sich die Lehrer gerne für die Zukunft bestimmter Schüler, jedoch wurde uns leider die Zeit für mehr Informationsaustausch weggenommen.

Andererseits stand nun endlich die Hauptattraktion direkt vor mir.

Frau Gabler verzog sich in das Lehrerzimmer, während mich der leicht kahlköpfige Mann mit Brille und braunem Schnauzbart erwartungsvoll begutachtete. Der Konrektor Bernhard Mederer war nicht nur mein Klassenlehrer in der fünften und sechsten Klasse, also mein letzter Lehrer vor dem Schulwechsel nach Beilngries, er hatte auch mein Leben grundlegend verändert.

„Wie ist es dir ergangen?", fragte er mich behutsam.

„Sehr gut", log ich ihn an, wofür ich mich selbst hasste. „Seit damals hat sich bei mir einiges getan. Ich bin in die schöne Stadt Augsburg gezogen, absolviere gerade mein letztes Schuljahr mit der mittleren Reife und auch meine Noten sind inzwischen sehr zufriedenstellend, unglaublicherweise sogar Mathematik, wo, wie sie ja wissen, ich enorme Schwierigkeiten hatte."

„Richtig, in Mathematik musstest du richtig kämpfen, besonders bei den Sachaufgaben", lachte er mir fröhlich entgegen. „Es freut mich jedenfalls zu sehen, dass du enorme Fortschritte gemacht hast. Schon eine Idee, was du nach der Abschlussprüfung machen willst?"

„Sicher bin ich mir noch nicht", antwortete ich in meiner nachdenklichen Pose, bei der ich mein linkes Bein leicht nach vorn knickte, meine Arme verschränkte und sich mein rechter Daumen an meinem Kinn stützte, während mein Zeigefinger in senkrechter Stellung an meiner linken Wange klebte. „Wahrscheinlich werde ich eine Ausbildungsstelle suchen, jedoch kann ich Ihnen momentan beim besten Willen nicht mitteilen, in welche Branche es gehen wird. Ich halte sie aber diesbezüglich gerne auf dem Laufenden."

„Schätze, bis zu unserem nächsten Treffen wird es eine Weile dauern, trotzdem freue ich mich jetzt schon darauf", lächelte er mir zu und machte mit einer Handbewegung auf seine Uhr deutlich, dass er dringend wieder seiner Arbeit nachgehen müsste.

Wir verabschiedeten uns schweigend mit einem kurzen Handschlag, wie es sich für seriöse Menschen gehörte und ich verließ die Schule.

Da ich letztendlich in Denkendorf alles erledigt hatte, was ich wollte, wurde es Zeit für den Heimweg nach Augsburg, den ich auf dieselbe Art durchquerte, wie vorhin auf dem Hinweg.

Es hatte mir auf jeden Fall geholfen, mal dem Alltag zu entkommen und in seinen Erinnerungen vor Ort zu schwelgen.

Eine Frage blieb jedoch immer noch offen:

Was genau hatte Herr Mederer denn genau getan, wodurch sich mein Leben grundlegend auf den Kopf stellte?

Es fand mal ein internationaler Lesewettbewerb in der Denkendorfer Schule statt, bei dem pro Schule aus dem Kreis Eichstätt ein Schüler aus der sechsten Klasse daran teilnehmen durfte. Der Klassenlehrer hatte die Aufgabe, jenen Schüler auszuwählen und ihn oder sie für den Lesewettbewerb anzumelden. Um seine Entscheidung zu erleichtern, mussten alle Schüler je einen Absatz aus einem von der Jury individuell ausgesuchten Roman der Klasse laut vorlesen, so auch meine Klasse. Am Ende hatte sich Herr Mederer für Anja Schießl, unsere Klassenbeste zu dieser Zeit, entschieden.

Ich war am Boden zerstört. Ich hatte so viele Hoffnungen in diese Sache reingesteckt, weil ich unbedingt mitmachen wollte. Aber ich wurde wie so oft enttäuscht.

Am Tag darauf, zwei Stunden bevor die endgültige Anmeldung zum Wettbewerb erfolgte, hatten wir Physikunterricht. Wie gewohnt rief Herr Mederer nach jedem im Physikbuch gelesenen Absatz jemand anderen auf, so natürlich nicht verwunderlicherweise auch mich.

Ich las ganz behutsam die Zeilen herunter, mit meinen Gedanken immer noch bei diesem ollen Wettbewerb. Als ich fertig war, erwartete ich, dass Herr Mederer den nächsten Schüler aufrief.

Ich ahnte gar nicht, wie sehr ich mich da irrte.

Er fragte in die Klasse rein: „Ich will eure Meinung wissen. Findet ihr nicht auch, dass so, wie Anastasia dies gerade vorgelesen hat, sie für den Lesewettbewerb am besten geeignet ist?"

„*KLICK.*"

Die Klasse tuschelte.

Herr Mederer forderte mich auf, weiter zu lesen, in der Hoffnung, er hätte sich nicht getäuscht.

Also fuhr ich wie gewohnt fort.

Am Ende stand Anja auf und bestätigte Herr Mederer seine Vermutung: „Ich gebe meinen Platz gerne an Anastasia weiter. Sie ist um Längen besser wie ich und hat das Potenzial, im Lesewettbewerb erfolgreich zu sein."

„Dann ist es also beschlossen. Anastasia wird unsere Schule beim Wettbewerb vertreten. Ich werde unverzüglich die Anmeldung in Gang setzen.", kündigte er mit einer recht überzeugten Aura an.

„*KLICK, KLICK.*"

Ich war fassungslos. Meiner Wenigkeit war es gestattet, vor vielen Leuten etwas vorzulesen.

Das Buch, welches ich am Wettbewerb vorlesen musste, durfte ich zwar nicht auswählen, wohl aber den Abschnitt, den ich letztendlich vortragen würde, da bei solchen Wettbewerben man ja schließlich nur einen Ausschnitt präsentieren durfte. Für mehr Text blieb weder die Zeit, noch die Geduld.

Die nächsten Tage verliefen im Prinzip so, dass ich neben dem normalen Unterricht einmal pro Tag der Klasse eben diesen Abschnitt als Übung vorlesen musste und auch wenn die Klasse von dieser Routine genervt war, applaudiert hatten sie trotzdem immer, sicherlich nur zu 30 % aus Höflichkeit.

Irgendwann stand der große Tag vor der Tür.

Die Aula war komplett gefüllt mit Menschenmassen. Am Ende der Aula stand ein Podest mit einem Schreibtisch. Auf diesem wurden die ganzen Auszüge von den insgesamt 8 Teilnehmern vorgelesen, mich eingeschlossen.

Als ich, wohl bemerkt wurde mein Name falsch ausgesprochen, aufgerufen wurde, ging ich langsam und äußerst nervös zum Podest. Ich setzte mich hin und versuchte jeglichen Blickkontakt mit dem Publikum zu vermeiden, um nicht in Lampenfieber zu geraten.

Dann las ich den kompletten Abschnitt durch. Leider erinnerte ich mich nicht mehr an alle Einzelheiten, die ich damals zum Besten gegeben hatte. Jedenfalls ging es da um drei Freunde, zwei Jungs und ein Mädchen, der Text war in der hochbayerischen Sprache geschrieben. Einer der Jungs hatte einen guten Witz auf Lager und erzählte es den anderen wie folgt:

Es is a neis Schuljahr. Da Lehra betritt sei neie Klasse und wui si sofoat iba de Nama seina Schüla erkundign.

„Wia hoast du?", frogt er den Junga, da ganz voane sitzt.

„I bin da Johann", sogt da Junge.

„Vo jetz an hoast du Peta, verstandn?", befiehlt er dem Junga und geht zuam nächstn Schüla.

Da Lehra wiederholt sei Froge.

„I bin da Klaus", sogt da zwoate Schüla.

„Vo jetz an hoast du Franzl, verstandn?", setzt si da Lehra wieda durch.

**Beim drittn Schüla erfolgt wieda deselbe Leia.
Desa Schüla otwoatet jedoch: „Eigentli bin i ja
da Richard, aba wenn i sie so hör, Herr Lehra,
dann werde i hoit da Josef sei."**

Nach diesem Satz beendete ich meinen
Leseauftritt.
Das Publikum brach in Gelächter aus.
Ich wusste nicht genau wieso, der Witz war nicht
gerade witzig und gut bayerisch sprechen konnte
ich auch nicht, vielleicht war es aber genau das,
was das Publikum, die Jury und schließlich auch
mich zum Lachen bewegte.
Nach einer langwierigen Diskussion unter der Jury
wurden die zwei Finalisten ausgewählt, ein blondes
Mädchen und, ich hatte das echt nicht erwartet,
meine Wenigkeit.
„KLICK, KLICK, KLICK."
Die Finalrunde lief folgendermaßen ab. Zuerst
wurde die Blonde aufgerufen und musste einen
fremden Textausschnitt lesen, danach war bei mir
dieselbe Masche. Der fremde Text war recht
ausgiebig kompliziert und um es auf gut deutsch zu
sagen, hatten wir beide es total verkackt.
Das unvermeidbare Urteil der Jury war gefallen.
Sie sagten, dass ich gewonnen hätte, sie mich aber
nicht als Siegerin anerkennen konnten, weil der
Lesewettbewerb an meiner Schule stattgefunden
hatte.
*KLICK, KLICK, KLICK, KLICK, KLICK, KLICK,
KLICK, KLICK!*
In diesem Augenblick hatte ich einen Sinneswandel.

Mir wurde klar, dass wenn man die Chance bekam und sich darum bemühte, etwas erreichen zu wollen, dann funktionierte das meistens auch. Man durfte nur nicht wegsehen und sollte nicht nur das Ziel, sondern auch den Weg vor Augen haben.

Dank Herr Mederer, welcher mir die Chance ermöglichte, ging es mit meinem Image aufwärts. Meine Noten wurden besser, ich wurde in Denkendorf sowohl durch den Lesewettbewerb als auch später durch eine Platzierung in der Top 3 beim Malwettbewerb regelrecht bekannt und ich strotzte nur so vor Selbstbewusstsein. Da war es mir auch egal, dass ich die Auszeichnung nicht bekommen hatte. Es war ja eh nur ein Stück Blatt Papier.

Ab diesem Tag stieg mein Intelligenzquotient erheblich an und wie ich somit später feststellen musste, auch die Probleme.

Kapitel 9 –

Erwarte das Unerwartete

PLATSCH.
Eisiges Wasser läuft mir angefangen vom Gesicht
bis hin zu den Zehenspitzen herunter.
Bei meiner langen Reise durch die vergangenen
Erinnerungen muss ich wohl wegetreten sein. Völlig
benommen rühre ich mich nicht. Selbst die Wunde,
die mir bei dem Unglück am Hinterkopf entstanden
ist, vermag ich nicht zu verspüren. *PLATSCH.*
Das Wasser auf meinem Körper fühlt sich immens
schwer an, so als ob ich mit Steinen begraben
worden bin. Es kostet mich Unmengen an Kraft,
meinen in der Luft baumelnden Kopf zu heben.
Kraft, die ich mal hatte. Kraft, die mir jetzt fehlt.
Es folgen weitere triefende Wasserfontänen auf
meinen Körper, bis meine Sinnesorgane endlich
beginnen zu funktionieren.

Gefesselt und durchnässt starre ich Widerwillen auf einen in verdreckten Klamotten stehenden Mann, der mit einem Schlauch, welcher durch den Ausgang des Zeltes verläuft, Wasser in einen Eimer gießt.

PLATSCH.

Vor Kälte zitternd schüttle ich mit einer Kopfbewegung das eisige Wasser von meinen Haaren und mache so dem mysteriösen Unbekannten deutlich, dass ich wach bin.

Dieser verlässt schweigend das Zelt.

Aus dem Schlauch kommt kein Wasser mehr.

Offenbar hat er das Ventil zugedreht.

Keine zwei Minuten später steht er mit einem braunen Sack in seiner rechten Hand vor mir. Mit seinen groben Händen zieht er mir den Sack über den Kopf und verschnürt diesen.

Während dieses Prozesses habe ich die Luft angehalten, um dem widerwärtigen Gestank, der in meiner Gedankensphäre schwebt, zu entgehen. Offensichtlich hat dieser Mann seit Monaten nicht geduscht.

An meinen Beinen spüre ich, wie ein kalter metallischer Gegenstand daran entlangläuft.

„Geilt der sich etwa an mir auf?", denke ich mir fassungslos.

Höchstwahrscheinlich handelt es sich um ein äußerst scharfes Messer, denn im Nu sind meine dicken Fußfesseln gelöst. Meine Handgelenke bleiben weiterhin verschnürt.

Er packt mich mit einem festen Griff am Hals und zieht mich vom Boden hoch.

Meine Beine fühlen sich butterweich an, mein Hintern ist vom ständigen Rumgesitze eingeschlafen.

Ich lasse es über mich ergehen, wie er mich gewaltsam aus dem Zelt zerrt. Mir bleibt nichts anderes übrig, als mich von ihm führen zu lassen, denn schließlich sehe ich nichts bzw. soll ich nichts sehen. Jeglicher Widerstand wäre in dieser Situation zwecklos.

Anhand der vielen Stimmen, die ich um mich herum wahrnehme, müsste es sich um eine Art Lager oder Basis handeln. Dieses Wandern durch das Ungewisse ist beängstigend. Als würde man in der schwärzesten Nacht ziellos durch die Straßen irren, ohne Orientierung und ohne Hoffnung auf einen winzigen Lichtschimmer. Wenigstens kann ich durch diesen mit kleinen Löchern verzierten Sack atmen. Vielleicht ist das aber auch gar nicht erleichternd. Vielleicht wäre es besser, einfach zu sterben.

Nach einer ganzen Weile halten wir an. Der Mann drückt auf meine Schultern, sodass ich mich zwangsweise hinsetzen muss. Hinter meinem Rücken höre ich, wie eine Tür zuknallt. Wo auch immer ich jetzt bin, es ist unter Garantie kein Zelt.

„Tut mir leid für die grobe Eskorte", hallt eine raue Stimme mit einem Hauch von Akzent durch meine Ohren.

Jemand packt mich am Arm und schneidet die Fesseln durch, gefolgt von der Entfernung der Sichtblockade an meinem Kopf. Ein grelles Licht lässt meine Augen zusammenzucken.

„Fühl dich wie zu Hause", bietet eine Silhouette mir an, während meine Augen sich an das Licht zu gewöhnen versuchen.

Mein inzwischen wiederhergestellter Blick erkennt einen strammen Mann, der wahrscheinlich um die 30 Jahre alt ist. Vom Aussehen her tippe ich auf mexikanische oder kolumbianische Abstammung. Er trägt schwarze, mit Schlamm bedeckte Stiefel, eine braune Hose, ein Halstuch mit leopardenähnlichen Mustern und einen weißgrauen Trenchcoat. Nicht zu vergessen diesen sofort ins Auge stechenden Hut, wie ihn die Filmfigur *INDIANA JONES* immer auf hat.

Mit meinen momentan zerfetzten Klamotten sehe ich dagegen aus wie eine Vogelscheuche.

„Kann ich dir Wasser zum Trinken anbieten?", fragt er mich mit einem charmanten Lächeln.

Tatsächlich bin ich durstig, dennoch will ich nichts von einem Kidnapper annehmen, allein schon deswegen, weil ich mir nicht sicher sein kann, ob er in das Getränk nicht irgendetwas rein tun würde, was da nicht hingehört.

Ich schüttle behutsam den Kopf, während ich zugleich den Raum begutachte. Von der Decke aus scheint das zuvor erwähnte grelle Licht. Im Raum sind zwei Stühle und dazwischen ein Pult, wie es bei Lehrern üblich ist. Sonst herrscht hier gähnende Leere. Ich brauche nicht lange, um zu realisieren, dass es sich hier um einen Verhörsaal handelt.

Meine Unaufmerksamkeit scheint den Gastgeber zu verärgern. Er schlägt mit voller Wucht auf den Pult.

„Genug mit den Nettigkeiten!", brüllt er zornig durch

den Raum.

Desinteressiert starre ich Löcher in die Luft. Ich schaue oft fern und habe somit genug Filme gesehen, um genau zu wissen, wie das hier ablaufen wird. Zunächst besteht für mich keine Lebensgefahr, denn wenn er mich wirklich töten wollen würde, hätte er es schon längst getan. Weiterhin wird er versuchen, mich einzuschüchtern, sodass ich nachgebe wie jemand, der dem Hundeblick eines Welpen zum Opfer fällt. Er wird solange nachhaken, bis er das bekommt, was er will.

Ich könnte ihn hinhalten. Ich könnte ihn die ganze Zeit metaphorisch gegen eine Wand laufen lassen. Mit Schweigen schadet man einem Menschen mehr, wie dass man es mit 1000 Worten je schaffen würde. Das habe ich am eigenen Leib auf die harte Tour erfahren müssen. Deswegen werde ich auch nicht schweigen, denn dann wäre ich nicht besser als die, die diese Methode bevorzugen!

„Mein Name ist Anastasia. Wie heißen Sie?", frage ich den Mann mit den knirschenden Zähnen.

Die Überraschung in seinem Gesicht kann ich ihm deutlich ablesen.

„Nathan", entgegnet er mit einer sanften Stimme.

„Wow!", schießt es mir durch den Kopf.

Das habe ich beim besten Willen nicht erwartet. Namen wie Gonzalez oder Alechandro habe ich vermutet, aber Nathan sicher nicht.

Die Atmosphäre habe ich jedenfalls gelockert.

„Anastasia", fährt er seufzend fort. „Ist dir bewusst, in welcher Lage du dich befindest? Nicht nur, dass du dich in Angelegenheiten hast reinziehen lassen, die dich nichts angehen, nein, du hast auch meinen Plan total durcheinander gewirbelt." Er versucht, sich zusammenzureißen, um nicht einen weiteren Wutausbruch erleiden zu müssen.

„Wegen dir und deinen Freunden habe ich viele Männer verloren, wodurch an meiner Führungsquali…"

„Wo sind meine Freunde? Wo sind Natascha und Jack?", unterbreche ich ihn, während ich zugleich versuche, nicht in Tränen auszubrechen.

Ein teuflisches Grinsen ist auf Nathans Gesicht zu sehen.

„Sie leben noch. Fürs Erste", garantiert er mir.

Es kommt eine düstere Seite von Nathan zum Vorschein, gefolgt von einem spöttischen Gelächter.

„Eigentlich müsste ich dich auf der Stelle töten, denn du weißt mittlerweile zu viel über uns. Aber du hast Glück. Ich mag dich nämlich. Mit dir habe ich noch was ganz Besonderes vor."

Sein verschlüsseltes Lachen ist jetzt noch lauter geworden.

Plötzlich ist ein Rauschen kombiniert mit einer schwer zu verstehenden Stimme aus seiner Hosentasche zu hören. Nathan holt einen Walkie Talkie aus seiner Tasche empor. Leider liegt der Hörradius außerhalb meiner Reichweite, weswegen ich das kurze Gespräch nicht mitverfolgen kann. Nachdem Nathan den Walkie Talkie wieder eingesteckt hat, nimmt er eine komische Pose ein. Seine Beine sind leicht geknickt, so als würde er gleich in die Hocke gehen. Die Oberarme haften senkrecht am Körper, während die Unterarme samt den Händen in einem 90 Grad Winkel waagerecht Richtung Ausgang gerichtet sind. Während er dieses Kunststück vollzieht, atmet er tief ein. Nun bewegt er ausschließlich die Unterarme in Zeitlupe nach unten und atmet dabei langsam aus. Das scheint wohl eine Maßnahme zu sein, um Entspannung und Klarheit im Kopf zu bekommen, eine Art Yogatechnik.

Nathan sieht unheimlich blass aus. Es ist wohl wieder etwas Unerwartetes passiert, was seine Tätigkeiten, welche auch immer das sein sollen, gefährden könnte.

„Ich muss da einer bestimmten Sache nachgehen", informiert er mich mit einem gereizten Ton. „Du bleibst hier schön sitzen, bis ich wieder da bin. Danach fahren wir genüsslich mit unserer Konversation fort."

Vielleicht habe ich mich auch nur geirrt, sowas ist schließlich möglich, doch ich könnte schwören, dass er mich eben mit seinem Blick ausgezogen hat. Allein bei dem Gedanken schaudert es mich gewaltig.

Eilig stürmt Nathan aus der kleinen Bude hinaus und knallt die Tür zu.

Dabei fällt mir auf, dass er diese gar nicht abgesperrt hat. Möglicherweise hat er dies in der Eile vergessen, wahrscheinlicher jedoch ist es, dass er mir mit Absicht einen kleinen Vorsprung geben will. Für ihn ist das alles ein Spiel, bei dem er der Jäger und ich die Beute bin.

Ich gebe mir selbst eine Ohrfeige und versuche

mich zusammenzureißen. Es bleibt keine Zeit, um mich mit Spekulationen zu beschäftigen. Jede Sekunde, die ich hier verstreichen lasse, könnte meine Letzte sein.

Vorsichtig öffne ich die Tür und strecke meinen Kopf ins Freie. Ich analysiere die nähere Umgebung, als wäre mein Kopf das Periskop eines U-Boots. Wo ich auch hingucke, sehe ich nichts anderes als Wald.

Wer weiß, wie lange ich mit dem Mann vom Zelt tatsächlich wandern musste, schließlich hielt sich mein Zeitgefühl an diesem Moment extrem in Grenzen. Irgendeinen Weg muss ich letztendlich einschlagen, denn an den meisten Orten bin ich garantiert sicherer als hier.

Schleichend bewege ich mich durch den Wald voran, umgeben von Bäumen, die so groß sind, dass ich manchmal die Baumkrone gar nicht erblicken kann. Es kommt mir so vor, als wäre ich die magische Bohnenranke hochgeklettert und befände mich jetzt im Land der Riesen.

Im Wald ist es unheimlich friedlich, als hätte man keine Sorgen. Die betörenden Melodien, die von den hier lebenden Vögeln erklingen, sind die einzigen Geräusche hier. Ab und zu laufe ich auch an kleinen bis mittelgroßen Wasserfällen vorbei. Das Rauschen des Wassers verleiht mir ein wohliges Gemüt.

In keinem anderen Ort herrscht eine so reine Harmonie, überall, wo man hinsieht, existiert Leben, welches im perfekten Einklang zusammenlebt. Nur Fliegen ist schöner.

Plötzlich höre ich neben mir ein nicht übliches Geräusch. Etwas beobachtet mich. Mein Körper ist ganz starr, unfähig sich zu bewegen, mein Herz rast in einem übertrieben hohen Tempo.

Aus dem Gebüsch kommt ein Ameisenigel hervor, der nur meinen Gehweg überqueren will, um auf die andere Seite zu gelangen.

Mir fällt ein Stein vom Herzen.

Doch dieser Zustand hält nicht lange an, denn aus der Ferne höre ich die Stimmen zweier Männer, die in meine Richtung zu laufen scheinen. Zahlreiche Verstecke bieten sich hier an, doch panisch wie ich bin, entdecke ich sie nicht, obwohl sie sich direkt vor meiner Nase befinden.

Jemand streckt plötzlich seinen Arm aus einem Gebüsch, packt den meinen und zieht meinen ganzen Körper zu sich herüber. Um einen Laut meinerseits zu vermeiden, hält die unbekannte Person seine Hand vor meinen zum Schreien verurteilten Mund.

„Er wurde kürzlich hier in der Nähe gesehen. Wir müssen ihn um jeden Preis finden!", erklärt der eine bewaffnete Mann dem anderen, während sie an uns vorbeilaufen.

Als sich die Lage beruhigt hat und die Gefahr weitergezogen ist, wage ich einen Blick in die Richtung meines Retters. Wegen der Reflexfunktion meines Körpers reiße ich meine Augen weit auf, mein Mund steht sperrangelweit offen.

Aus einer Mischung von Überraschung und Erleichterung flüstere ich: „Jack?"

Kapitel 10 —

Trauriges Lächeln

„J…J..Jack!", stottere ich vor mich hin.
Von einem Freudensturm überwältigt umarme ich
ihn so heftig, dass er kaum noch Luft bekommt.
„Halt jetzt sofort dein Maul Weib, sonst fliegen wir
schneller auf als die Polizei erlaubt!", fleht er mich
mit einer äußerst hastigen Stimme an.
Andere Personen würden diesen Satz als penetrant
aufwerten, ich jedoch nicht, denn schließlich bin ich
mit seiner Ausdrucksweise bestens vertraut.
Schweigend nicke ich ihn an, während sein ernster
Blick den meinen durchbohrt. Er brennt förmlich
drauf, mir die Dinge zu erzählen, die er gesehen
haben muss, situationsbedingt ist dies aber
momentan nicht möglich.
Er bewegt seinen Körper in alle Richtungen, checkt
die Lage und flüstert: „Alles klar. Lass uns
abzischen."
Ohne zu zögern packt er mich an meinem Arm und
rennt los.
Ich muss mich richtig bemühen, um mit ihm Schritt

halten zu können. Fast immer stehe ich kurz davor, beim Sprinten zu stolpern.

Nach einer ganzen Weile bleibt er ruckartig stehen, wodurch mein Körper direkt das an seinem Rücken baumelnde Maschinengewehr rammt.

Doch ihn scheint das nicht zu jucken, er bleibt standhaft.

Langsam versuche ich wieder zu Atem zu kommen. Mir kommt es vor, als wäre ich einen Marathon gelaufen.

Jack starrt nach oben und dreht dann seinen Kopf in meine Richtung.

„Den Baum rauf, schnell!", deutet er auf den vor uns stehenden Riesen.

„I…Ich kann nicht klettern", zögere ich und lege verzweifelt beide Handflächen auf mein Gesicht.

Aggressiv bewegt sich Jack in meine Richtung, positioniert seine Hände auf meine Schultern und rüttelt an mir, damit ich zu Sinnen komme.

„Willst du lieber abkratzen, willst du das?", brüllt er mir direkt ins Gesicht. „Wenn es je den richtigen Zeitpunkt gegeben hat, um den Stoff zum Klettern zu erlernen, dann ist er entweder jetzt oder nie! Also spiel dich hier nicht auf wie eine kleine empfindliche Prinzessin und klettere jetzt diskret diesen Baum rauf!"

Offenbar ist Jack nicht aufgefallen, wie laut er wirklich gewesen ist. Fremde Stimmen sind wieder aus der Ferne zu hören.

Also fasse ich mir ein Herz und tue das, was getan werden muss. Langsam bewege ich mich von Ast zu Ast nach oben, dicht gefolgt von Jack. Ich komm mir vor wie das vierbeinige gelbgrüne Wesen aus dem Videospiel *DOODLE JUMP*.

Irgendwann sind wir schließlich bei der Baumkrone angekommen. Die äußerst dicken Äste dort sind stabil genug, um uns zu tragen.

Ich wage einen Blick ins Freie und merke, wie überwältigend es hier oben ist. Dagegen ist die Aussicht vom Fernsehturm in Berlin ein Witz. Erst jetzt fällt mir auf, wie groß dieser Regenwald tatsächlich ist.

Vorsichtig zieht Jack mich an meinem Arm wieder in sichere Gewässer.

Erleichternd atmet er lange, ja sehr lange, aus. Wer weiß, wie lange er das bereits zurückgehalten hat. Dann hält er inne.

Ich habe ihm ein bisschen Zeit gegeben, ehe ich ihn drauf angesprochen habe, was ihm widerfahren ist.

„Wo soll ich nur beginnen?", fragt er leicht verwirrt.

„Am Anfang", entgegne ich ruckartig. „Es ist immer am besten, am Anfang zu beginnen."

Ein dumpfes Lächeln kann sich Jack nach diesem Satz nicht verkneifen.

Er beginnt zu erzählen: „Nach dem voll krassen Unglück, in den wir alle verwickelt waren und dadurch getrennt wurden, schleppten mich ein paar streng bewaffnete Heinis vom Geschehen weg. Die Nachwirkung der Explosion war zu heftig, als dass ich mich mit denen hätte anlegen können. Ich verlor sehr viel Blut und war in einem Schockzustand. Sie transportierten mich in ein Zelt bei ihrer Basis, stoppten meine Blutungen und fesselten mich. Sie sahen mich wohl nicht als einen ebenbürtigen

Gegner an, denn sie durchsuchten meine Hosentaschen nicht. Lediglich ein Wachposten wurde an der Eingangstür positioniert."

Er macht eine kurze Pause.

„Epic fail sag ich da nur! Mit Müh und Not griff ich nach meinem Taschenmesser, den ich immer bei mir habe und trennte die Fesseln mit Leichtigkeit durch."

Das legendäre Messer.

Er zeigte es mir, als ich bei seinem und Marcos Versteck war, den sie mir mal angeboten hatten. Im Prinzip war das nichts weiter als unsere kleine Chillecke, die Jack einem Kumpel für drei Euro abgekauft hatte. Die Couch, die Stühle und der kleine Tisch, alles war bereits verfügbar, so als hätten wir einen Pachtvertrag abgeschlossen. Dort demonstrierte Jack uns voller Stolz sein Messer, den er von seinen Eltern an seinem Geburtstag bekommen hatte. Auf dem Griff sind die Worte *SHIELD AND SWORD* eingraviert gewesen. Genau drei Tage existierte unser Versteck, bis es von kleinen Kindern entdeckt und demoliert wurde.

„Für mich war es äußerst easy, dem Wachposten von hinten mit einem heftigen Schlag auf seinen kümmerlichen Schädel einen KO zu verpassen.", fährt er fort. „Da ich nicht von gestern bin, konnte ich mich so draußen nicht blicken lassen. Ich zog den bewusstlosen Mann ins Zelt, tauschte seine Klamotten mit den meinen, obwohl ich an meinem Style sehr gehangen hatte und konfiszierte seine Waffe. Als ich dann draußen versuchte, zu verduften, wurde ich seitlich von einem Mann mit so einem lächerlichen Hut angesprochen.

„Nathan!", platzt es aus mir heraus.

Ein trübes Lächeln bildet sich auf Jacks Lippen.

„Du hast diesen Clown also auch kennengelernt. Nathan erkannte mich nicht und bat mich, eine Inventur durchzuführen, flüsterte mir den Zugangscode ins Ohr und deutete auf ein gut gesichertes Gebäude am Ende der Basis. Um herauszufinden, was hier eigentlich abging, folgte ich seiner Anweisung, tippte die mir genannten Zahlen auf die elektronisch versiegelte Sicherung und betrat das unbekannte Gebiet."

Gebannt folge ich seiner Geschichte und frage: „Was war in dem Gebäude?"

Ein drittes erzwungenes Lächeln breitet sich auf Jacks Gesicht aus.

„Drogen, Asia, Drogen. Sämtliche existierende Drogenarten werden dort aufbewahrt. Nebenbei ist dort auch eine Liste mit Kundennamen zu finden und die Ablege- und Ankommzeiten der Schiffe, über die der Stoff geschmuggelt wird. Um es auf den Punkt zu bringen, hier herrscht Krieg, Asia, ein Drogenkrieg um genau zu sein. Nach dem ich genug gesehen hatte, rannte ich ohne Umwege direkt in den Wald. Kurze Zeit später sah ich dich ziellos umherirren und den Rest kennst du ja."

Ich muss die wenige Zeit, die ich habe, nutzen, um das Ganze zu verarbeiten.

Vier Zivilisten, die einen stinknormalen Ausflug nach Australien machen wollten, befinden sich jetzt in einem Krieg, mit dem sie nichts zu tun haben. Schnurstracks dreht sich mir der Magen um und ich übergebe mich. Niemand wird mir glauben, dass ich von einem Baum, mehrere Meter über dem Boden, runter gekotzt habe.

Jack balanciert zu meinem Ast rüber und patscht mir sanft auf den Rücken. „Lass es raus", flüstert er mir dabei zu.

Als sich mein Magen halbwegs beruhigt hat, stelle ich Jack die Frage, die schon seit geraumer Zeit in meinem Schädel rumschwirrt: „Wo ist Natascha?"

Jacks Gesicht wird finster.

„Ich weiß es nicht. Aber ich werde es herausfinden und wenn es das Letzte ist, was ich tue! Noch einen Homie werde ich nicht zurücklassen, das packe ich nicht!"

Eine einzelne Träne, die Jack nicht zurückhalten konnte, läuft ihm die Wange herunter.

Ich weiß, wie er sich fühlt. Wir alle haben Tränen vergossen, seit wir von Australien aus aufgebrochen sind und einen Fuß in den tasmanischen Regenwald abgesetzt haben.

„Weißt du noch, wie wundervoll die Reise angefangen hat?", fragt Jack, während er gleichzeitig seine Träne wegwischt.

„Das werde ich wohl nie vergessen", hallt es in meinen Gedanken.

In dem Moment, wo ich ihm zunicke, spielen sich die einzelnen Szenen regelrecht in meinem Kopf ab. Nur dieses Mal bin ich diejenige, die sich ein Lächeln erzwingt, welches von zwei wesentlichen Dingen gleichzeitig erfüllt ist.

Freude und Traurigkeit.

Kapitel II –

Träume nicht dein Leben, lebe deinen Traum

Endlich Winterferien!
Unsere Reise nach Australien, die Jack mit seinem Rap gewonnen hatte, stand unmittelbar bevor. Wir alle packten unsere Koffer und wurden von meinem Vater abends zum Münchener Flughafen gefahren. Mir kam es vor, als würden wir uns dahin im Schneckentempo fortbewegen, aufgrund der manchmal eisig glatten Straßen war das aber bitternotwendig. Am Flughafen angekommen

verabschiedeten wir uns von meinem Dad, einschließlich ganz Deutschland und stiegen in unser Flugzeug ein.

Da ein Direktflug nicht möglich war, mussten wir nach ganzen elfeinhalb Flugstunden in China umsteigen.

Die ganze Reise über war ich entspannt, da Fliegen meines Wissens nach einer der sichersten Reisemöglichkeiten war, obwohl in Filmen der Action wegen dauernd Flugzeuge abstürzten.

Jedoch war es leider auch eine der langweiligsten Reiseunternehmungen. Viele Beschäftigungsmöglichkeiten gab es währenddessen nicht, weswegen Schlafen die einzig sinnvolle Option war.

Vier Stunden Wartezeit später flogen wir dann von Hong Kong aus weitere neuneinhalb Stunden Richtung Melbourne und kamen schließlich nach guten 25 langwierigen Stunden in Australien an.

Da wir spät abends ankamen und ziemlich ausgelaugt waren, nahmen wir uns ein Taxi und übernachteten im Pegasus Apartment Hotel, 18 Kilometer vom Flughafen entfernt.

Das Hotel mit den sauberen Zimmern, der atemberaubenden Atmosphäre und dem freundlichen Personal hatte es mir so angetan, dass ich ernsthaft in Erwägung zog, später auch mal in der Hotelbranche tätig zu werden.

In den nächsten Wochen erlebten wir die schönste Zeit unseres Lebens.

Wir waren im Melbourne Zoo, wo 350 verschiedene Tierarten hausten wie zum Beispiel Zwergnilpferde,

Schnabeltiere oder Koalas. Füttern war allerdings strengstens verboten.

In Sydney begutachteten wir die phänomenale Harbour Bridge und das Opernhaus, welches mir aus dem Disneyfilm *FINDET NEMO* bekannt war. Auch im australischen Outback waren wir unterwegs, wo wir einem Klima ausgesetzt waren, den wir so gar nicht kannten. Neben freilebenden Kängurus entdeckten wir auch den Uluru, ein an der Oberfläche befindlicher Teil einer großen unterirdischen Gesteinsschicht, welcher von den Ureinwohnern, die als Aborigines bezeichnet wurden, als heiliger Berg angesehen wurde.

Im Dolphin Discovery Centre in Bunbury hatten wir das Vergnügen, hautnah mit Delphinen, den faszinierendsten Tieren überhaupt, schwimmen zu dürfen.

Es war traumhaft!

Eines Tages brachen wir schließlich mit einem Schiff zum *FAST-REGENWALD* nach Tasmanien auf. Streng genommen wurden diese Wälder nur als regenwaldähnlich bezeichnet, weil dort bestimmte Eukalyptenarten vorkamen, die in üblichen Regenwäldern nicht existierten.

Entspannt lagen wir zu viert in unseren bequemen Liegestühlen am Schiffsdeck, tranken einen frisch gemixten, alkoholfreien Cocktail und genossen die Aussicht auf das große blaue Ozean.

Alles schien perfekt zu sein, doch dann wurde ich plötzlich seekrank. Es war mir so peinlich, dass ich es den anderen nicht mitteilen wollte. Also tat ich so, als wäre nichts.

Ich stand auf und begab mich taumelnd in Richtung Kabine.

Marco fiel dies sofort auf, weswegen er mir hinterher rannte, mich stützte und mich in mein Zimmer begleitete. Natascha und Jack ließen wir zurück.

Meinen gesamten Mageninhalt entleerte ich an dem in meiner Kabine stehenden Mülleimer. Voller Schamgefühl konnte ich Marco nicht in die Augen sehen, selbst dann, als es mir wieder besser ging. Sanft streichelte er mir über meinen Rücken.

„Alles wieder in Ordnung?", fragte er mich mit einer Stimme, als würde er mit einem dreijährigen Mädchen plaudern.

Leicht erschreckt von seinem Handeln nickte ich und verschwand im Badezimmer, wo ich mir meinen Mund ausspülte und mithilfe eines Parfums den unerträglichen Geruch meiner Kotze beseitigte.

Als ich den Baderaum verließ, wartete Marco in der Kabine immer noch auf mich. Er schien gedankenverloren, ja fast in einer anderen Welt zu sein, ehe er mich bemerkte.

Ruckartig stand er auf und geleitete mich zu meinem Bett, legte mich behutsam hin, deckte mich zu und gab mir einen Kuss auf die Stirn. Dann verschwand er aus meiner Sichtweite.

„Ich Idiooooooooooooooooooooot!", schrie ich, während ich meine Visage mit voller Wucht in das Kissen rammte.

Das wäre der perfekte Augenblick gewesen, um ihn zu küssen. Doch wieder war mir mein ach so vertrauter Verstand im Weg, der mir im Kopf wieder all die Fakten aufgezählt hatte, die hätten schief gehen können, wodurch ich folglich wie so oft gekniffen hatte.

Eine halbe Stunde lang schmorte ich in Selbstmitleid, bis ich mich endlich aufrappelte.

Als ich an Jacks Kabine vorbei ging, hörte ich aus dem Raum ein quietschendes Bett kombiniert mit lautem Gestöhne. Keine Frage, dies war definitiv Nataschas Stimme. Offenbar waren sich die beiden während unserer Abwesenheit gewaltig näher gekommen. Man musste auf dem Gebiet kein Experte sein, um festzustellen, dass das sich eindeutig um einen Koitus handelte.

Stur folgte ich dem Gang weiter, ehe mein Verstand versuchte, sich auszumalen, was da drinnen vor sich ging.

Draußen an der frischen Seeluft angekommen suchte ich nach Marco.

Dieser befand sich ganz vorne am Bug des Schiffs, seine Hände stützte er an der metallischen Absicherung, die verhindern sollte, dass jemand ausversehen vom Schiff fallen würde.

Schleichend näherte ich ihm, als wäre ich ein Raubtier, das auf Beutejagd war.

Kurz bevor ich bei ihm ankam, begann er, mit dem Blick immer noch Richtung Ozean, wie aus der Pistole geschossen zu reden: „Sieh dir dieses Schiff an Asia. Wie viele Kilometer hat dieses Schiff wohl schon zurückgelegt, wie viele Hindernisse in seiner Existenz schon überwunden? Jede Sekunde, die dieser Koloss auf dem offenen Ozean verbringt, könnte die letzte seines Daseins sein. Trotzdem macht es immer weiter, während es der Gefahr entgegensieht. Kaum etwas kann diesem Giganten etwas anhaben, denn es hat über die Jahre Erfahrungen gesammelt und ist stärker geworden." Er schließt die Augen, hält kurz inne und dreht sich dann zu mir um.

„Genau so ist es auch mit dem Leben der Menschen.", fuhr er fort. „Wir sind ständig am Kämpfen, mit unserem Umkreis, mit unserem Leben, mit uns selbst. Die vergangenen Ereignisse, ebenso gute wie auch schlechte, formten uns und machten uns zu dem, was wir heute repräsentieren. Mit der Zeit erlangten wir eine gewisse Reife, die uns sowohl physisch wie auch psychisch robuster werden ließ, um in dieser wundervollen, wenn auch von Gefahren geplagten Welt zu überleben. Man darf im Leben auch mal hinfallen, aber Aufstehen ist Pflicht."

„Worauf willst du hinaus Marco?" fragte ich ihn leicht ungeduldig.

Langsam bewegte er sich auf mich zu und zwar so, als würde er wie in einem Astronautenfilm seinen Körper in Zeitlupe Richtung Rakete geleiten, nur ohne die dramatische Melodie im Hintergrund. Vorsichtig positionierte er seinen Kopf rechts von meinem, seine Lippen standen dicht meinem Ohr gegenüber.

Mit heiser Stimme flüsterte er mir zu: „Was einen nicht umbringt, macht einen stärker."

Ohne auf eine Reaktion meinerseits zu warten, verschwand Marco hinter meinem Rücken aus meinem Sichtfeld in seiner Kabine, während sein

Satz sich in meinem Gehirn verewigte wie ein
Tattoo auf einer sensiblen Haut oder ein Graffiti auf
einer unbedeutsamen Wand.
Wie eingefroren stand ich regungslos am Deck und
starrte in den Horizont, der Insel Tasmanien
entgegen.

Kapitel 12 – Die Sprache des Feuers

„Iiiiiiiiiiiiiiiiiiiiiiiiiiiiiiiiih!", kreische ich auf.

Etwas ist auf meiner Schulter zu spüren. Panisch fuchtle ich mit den Armen rum. „Boah, chill mal ey!", faucht Jack mich an.

Zu Recht, denn ich hätte fast dafür gesorgt, dass wir dem mehrere Meter entfernten Boden Gesellschaft geleistet hätten, schließlich sind wir immer noch auf dem Baum. „Du warst mehrere Stunden in Gedanken versunken. Als ich keinen Bock mehr auf die Warterei hatte, rüttelte ich an deiner Schulter. Ich hätte ja nicht ahnen können, dass du gleich so überempfindlich reagierst."

Blass und schweißgebadet folge ich mit meinen Augen den Bewegungen seiner Lippen, ohne dessen Worte wahrnehmen zu können.

„Genug abgehangen. Lass uns verduften", schlägt Jack vor.

Zitternd und leicht schwindelnd wegen der Höhenlage klettere ich kontrolliert von Ast zu Ast wieder herunter, dieses Mal jedoch ist Jack vorausgegangen. Jeder einzelne Schritt fühlt sich an, als würde ich auf einer extrem dünnen Eisfläche gehen, gefahrlauernd einzustürzen, dem Tod so nahe wie bereits einmal zuvor.

Als Jack am Boden angekommen ist und nach mir ruft, begehe ich den Fehler nach unten zu blicken. Mein Körper ist starr, klammert sich widerwillig fest und gehorcht nicht. Jede einzelne Faser meines Körpers rührt sich keinen Millimeter weg, ganz gleich, wie oft ich mich auch zu bewegen versuche. Jack haut sich mit der flachen Hand auf seinen Schädel, seufzt und nuschelt etwas Unverständliches vor sich hin.

Dann schreit er nach oben: „Asia, werde locker und lass dich fallen! Ich fange dich auf. Ich schwöre!"

„Spinnt er? Als ob ich mein Schicksal, ganze vier Meter über dem Boden, in seine geschwisterbetatschende Hände lege", verurteile ich ihn in Gedanken versunken.

Andererseits ist unser Tod eh besiegelt, wenn ich noch mehr Zeit vergeude und wir von Nathan und seiner korrupten Bande gefunden werden.

Ich fasse all meinen Mut zusammen und stelle mich in einer senkrechten Position auf den Ast. Nun hebe ich meine Arme, so als hätte ich Engelsflügel, die ich majestätisch ausspanne. Schließlich verlagere ich mein gesamtes Gewicht auf meinen Rückenbereich, schließe die Augen und hoffe, in Jacks verlässliche Arme zu gleiten.

Beim Fallen wiederholt sich der Satz von Marco in meinem Schädel wie das Band einer Kassette, dass ständig von neuem gestartet wird.

Ein kleiner, wenn auch intensiver Druck übt sich auf meinen Körper aus und ich erwache aus meiner kurzen Trance.

Sitzend sehe ich mich um und erhasche keinen Hinweis auf Jacks Anwesenheit. Unter meinem Gesäß bewegt sich plötzlich etwas.

„Alter! Ohne Scheiß, du solltest echt ein wenig abnehmen Asia! Ein wenig viel! Verflucht, mein Rücken!", jammert der am Boden liegende Jack.

Beschämt und überrascht zugleich lege ich beide Hände auf meine Wangen.

„Tut mir leid Jack. Das habe ich nicht gewollt. Trotzdem vielen Dank für deinen körperlichen Einsatz!", antworte ich und muss wegen meiner eigenen absurden Bemerkung schmunzeln.

„Das ist nie, ich wiederhole, niemals passiert", erwähnt er, während er mit einem ernsten Blick den Zeigefinger auf mich richtet. „Von einem Weib erschlagen. Das würde meinen Ruf ruinieren", redet er mit sich selbst und starrt dabei Löcher in die Luft.

Plötzlich hören wir, wie hinter unserem Rücken jemand eine Schusswaffe nachlädt.

Ohne ruckartige Bewegungen drehen wir unsere Körper mit den Händen nach oben um 180 Grad.

Vor uns steht ein Soldat, in seinen Händen eine gefährliche Waffe, die allein vom Anblick her darauf lechzt, benutzt zu werden. Auf seinem Rücken befindet sich ein Wanderrucksack, fast so groß wie ein Kontrabass.

„Junger Mann, lege auf der Stelle deine Waffe ab!", fordert er auf und deutet auf Jacks Maschinengewehr.

Dieser gehorcht bedingungslos.

„Sehr schön und nun identifiziert euch!", befiehlt er. Von der Kleidung betrachtet schaut der Mann nicht aus, als würde er zu Nathans Truppe gehören, sondern eher zum Militär.

„Ich wiederhole mich nicht noch einmal!", droht er uns.

„Mein Name ist Jack und das ist Asia. Wir sind Zivilisten auf der Flucht vor Nathan, dem Boss einer Bande, die mit Drogenhandel in Verbindung steht. Trotz den Klamotten und der Waffe gehöre ich nicht zu seiner Truppe. Ich nutzte es lediglich dazu, um aus ihrer Basis zu flüchten."

Noch nie in meinem ganzen Leben habe ich Jack so seriös reden hören wie gerade eben.

„I…Ihr wisst, wo Nathan sich mit seiner Ware verkrochen hat?", stottert der Soldat verwundert.

„F…Folgt mir. Hier ist es nicht sicher. Ich führe euch zu meinem Stützpunkt."

Jack und ich starren uns gegenseitig an, nicken synchron und folgen dem nicht gerade vertrauenswürdigen Mann. „Mein Name ist übrigens Justin", fügt er hinzu.

Wahrscheinlich sind wir nur eine halbe Stunde gewandert, doch uns kommt es so vor wie ein halber Tag, zudem es allmählich dunkel wird.

„Wir rasten hier. Fürs erste sind wir in Sicherheit", versucht Justin uns zu beruhigen. „Sucht nach Feuerholz, ehe die Nacht komplett anbricht. Ich kreiere ein Lagerfeuer für uns", kommandiert er uns rum.

Eine Viertelstunde später haben wir alles Nötige beisammen.

Die lodernde Flamme erhellt die Nacht und sorgt für ein wohliges Gemüt.

„Ich habe da etwas für euch. Ihr müsst bestimmt hungrig sein", vermutet Justin und holt ein paar in Folie verpackte Sandwiches aus seinem Rucksack hervor.

„Ich und ein paar andere Männer sind als Suchtrupp in dieser Gegend stationiert, um Nathans Basis aufzuspüren", erzählt er. „Seit geraumer Zeit schon verfolgen wir die illegalen Machenschaften Nathans, doch der bewaffnete Widerstand sowie die Suche nach dem Versteck in diesem endlosen Wald erschweren unsere Mission. Sobald wir bei meinem Stützpunkt angekommen sind, erzählt ihr meinem Boss, was ihr alles in Nathans Unterschlupf gesehen habt, danach schaffen wir euch mit einem Hubschrauber schleunigst von hier weg. Jede noch so kleine Information ist von höchster Wichtigkeit, um dem Ganzen endlich ein Ende zu setzen."

Wir schweigen.

Es ist das erste Mal seit Langem, dass wir uns wirklich sicher fühlen. Es ist, als spiegele das Lagerfeuer unser letztes Fünkchen Hoffnung wieder.

Ich kuschele mich an Jack und lege meinen Kopf auf seinen Schoß. Die Wärme des Feuers gibt mir ein Gefühl der Geborgenheit.

Justin versteht, dass wir für heute Nacht nicht mehr ansprechbar sind und holt, wer hätte das kommen sehen, eine Gitarre aus seinem gigantischem Rucksack hervor.

„Keine Angst. Nathans Truppe ist bekannt dafür, alles andere als nachtaktiv zu sein. Die Musik wird sie garantiert nicht anlocken", beruhigt er uns. Mit einer sanften, wohlhabenden englischen Stimme beginnt Justin beim Gitarre spielen zu singen:

„Where? I want to know where i am.
Why I must said to my home goodbye?
I have to know
why it happened so.
The big question is why?

It`s a nightmare
and i really can`t waking up.
It feels like I have a wound from a struggle in a pub.
My biggest wish is that this all is only a lie.

Refrain: But it`s true, unfortunately.
At the beginning i knew, it`ll come suddenly.
Lots of mourning i have to wear, all this isn`t
fair.
In the middle of nowhere!

It`s invariable, no possibility.
I`m not more available, it can`t be.
Lots of mourning i have to wear, all this isn`t
fair.

In the middle of nowhere!

When? When do this terrible situation end?
When i could be finally glad?
This loneliless sick.
It should be finished quick.
The truth is I`m afraid.

It`s hopeless.
I`m stuck at this place
and i can`t escape in any case.
On one special day i will certain cry.

Refrain: But it`s true,…….

It`s too difficult.
That all is the result.
In the middle of nowhere
everything disappear.

Refrain: But it`s true,…….

It`s all over!"

Musik in unseren Ohren.
Das wir so etwas noch erleben dürfen.
Trotz innerlicher Überschüttung mit Emotionen
lassen wir uns dennoch nicht anmerken, wie sehr
uns dieses Lied anspricht. Regungslos und die
Fassade aufrecht erhaltend starrt Jacks leerer Blick

in die wärmende Flamme, während ich mich am klangvollen Knistern des Feuers erfreue und auf Jacks Schoß mit einem verschollen geglaubtem Lächeln einschlafe.

Kapitel 13 — Wenn das Schicksal zuschlägt

Ein unerträgliches Geräusch dröhnt durch unsere Ohren.

Als wir benommen und halb abwesend unsere Augen öffnen, erblicken wir eine kleine, aber wirkungsvolle Trillerpfeife in Justins Mund. Das ist nicht unbedingt die sanfteste Methode, um geweckt zu werden.

Mühselig rappeln wir uns vor dem erloschenen Lagerfeuer auf. Der Tag hat wohl gerade erst begonnen, denn es ist noch nicht einmal richtig hell geworden.

Abmarsch ist das einzige Wort, das wir von Justin zu hören kriegen. Schlaftrunken folgen wir ihm dicht hinter seinem Rücken, so wie es die sieben Zwerge aus dem Märchen *SCHNEEWITTCHEN* in den Minen immer vollbracht haben. Nur auf den klassischen *HEY HO, HEY HO, WIR SIND*

VERGNÜGT UND FROH Song verzichten wir.
Den ganzen Weg über stellt sich mir die Frage,
woher Justin genau weiß, wohin er denn in diesem
Dschungel gehen muss. Mit der Zeit entwickelt mein
Verstand die Theorie, dass sich das Militär mit im
Wald positionierten Wegweisern, die nur Mitglieder
lesen können, zu helfen versucht.
„Stillgestanden!", bricht es aus Justin ruckartig
heraus, während er unseren Gesichtern seine
flache Hand entgegenstreckt.
Dann nimmt er wieder seine nervenaufreibende
Trillerpfeife und pfeift in unterschiedlichen
Abständen mal kurz, mal lange rein. Es hört sich an
wie ein eigens entworfener Morsecode.
Circa 5 Meter entfernt ertönt kurz danach ebenfalls
dieselbe Melodie.
Justin blickt kurz zu uns herüber: „Wir können
passieren."
Ein paar Schritte später streckt sich vor uns eine
aus strammen Holz gefertigte Mauer empor,
umgeben von quaderförmigen Türmen, bei denen
an der Spitze bewaffnete Männer mit Ferngläsern
hantieren.
In der Mitte stolziert Justin mit unserer Wenigkeit
durch ein Tor, welches von zwei Männern bewacht
wird, die genauso wie Justin gekleidet sind und über
dasselbe Waffenarsenal verfügen. Sie würdigen uns
keines Blickes.
Drinnen angekommen ist sofort eine deutliche
Disziplin zu spüren. Soldaten, die im synchronen
Gang marschieren. Einheiten, denen in einem
körperlichen Training alles abverlangt wird.

Schulen, wo Neulingen der Umgang mit ihrer Ausrüstung erklärt wird. Man braucht hier nicht erwarten, freundlich empfangen zu werden.

Ein großer, an der Uniform mit Medaillen und Auszeichnungen verzierter Mann nähert sich uns.

„Ich hoffe, Sie haben einen triftigen Grund, ohne jeglichen Befehl Ihren Posten verlassen zu haben Soldat!", spricht er mit einer leicht verärgerten Stimme.

Einen Soldaten nennt er ihn. Offenbar haben hier jegliche Menschen keinen Namen, keine Vergangenheit, keine Identität. Sie sind nur Schachfiguren auf diesem Schlachtfeld, nichts weiter als Bauern.

„Den habe ich Sir", entgegnet Justin. „Diese Zivilisten sind Flüchtlinge aus Nathans Versteck. Möglicherweise haben sie wertvolle Hinweise zu seinem Aufenthaltsstandort."

Justins Boss begutachtet uns von allen Seiten, nickt und gibt Justin die Erlaubnis, wegtreten zu dürfen. Willenlos gehorcht er.

„Ihr zwei folgt mir", befiehlt er uns. Kurze Zeit später finden wir uns in einem mit Schallmauern versetzten Raum wieder.

„Ernsthaft? Schon wieder ein Verhörsaal?", schießt es durch meinen Kopf.

„Wir sind hier ganz unter uns", versucht er die Stimmung zu lockern. „Erzählt mir alles, was ihr wisst."

Wir schildern ihm alles detailliert, was uns widerfahren ist, begonnen mit der Schifffahrt über die Entführung bis hin zur Flucht. Als wir die

Geschichte beendet haben, warten wir gebannt auf die Reaktion von Sir Unbekannt.

„Nun gut", beginnt er. „Ihr habt uns sehr geholfen und euch gebührt mein Dank. Ab hier übernehmen wir. Ihr werdet mit dem nächsten Hubschrauber zurück nach Hause eskortiert."

Jack knallt mit der Faust auf den Tisch und brüllt: „Ohne Natascha gehe ich nirgendwohin! Lieber sterbe ich!"

„Wenn ich eure Geschichte richtig verfolgt habe, wisst ihr nicht wo eure Freundin ist. Sie könnte genauso gut tot sein", platzt es aus dem Offizier heraus.

Dieser letzte Satz trifft Jack wie eine Faust ins Gesicht. Er ballt seine Hände zu Fäusten und muss sich richtig zusammenreißen, um keinem Wutanfall zu verfallen. Am liebsten würde er jetzt auf den Offizier losgehen und ihm ordentlich die Fresse polieren.

„Sie ist dort. Ich weiß es!", widerspricht Jack. „Ehe sie nicht bei mir ist, setze ich keinen Fuß von dieser Insel."

Er hat sich entschieden. Sein Entschluss ist unumstößlich.

Der unbekannte Mann seufzt.

„Dein Wille geschehe", gibt er nach. „Doch bevor ich euch explizit schildere, wie wir vorgehen werden, muss ich noch eine Sache von euch wissen. Zu Beginn eurer Geschichte war die Rede von vier Personen. Wo ist, wie war sein Name noch gleich?"

Gedanklich flehe ich ihn verzweifelt an, seinen Namen nicht auszusprechen.

Nach kurzer Überlegung spricht er es aus, den Namen, den wir am liebsten nicht zu hören kriegen würden: „Marco!"

Jack und ich starren uns gegenseitig an und kneifen dann unsere Augen so fest zusammen, als würden wir nie mehr irgendetwas sehen wollen und lieber blind sein.

Er hat einen Nerv von uns getroffen und das hat er bereits gewusst, ehe er die Frage ausgesprochen hat. Jack hat es die Sprache verschlagen und so ist es meine Aufgabe gewesen, die vergangenen Ereignisse hervorzuheben.

Ich beginne zu erzählen:

„Als das Schiff an der Insel andockte, wurden wir von unbekannten Menschen überfallen. Sämtliche Ressourcen, die sie finden konnten, nahmen sie in Obhut. Wichtige Menschen, also die, die das Schiff steuerten, wurden eiskalt gefangen genommen. Da es kein großes Schiff war, waren wir die einzigen Passagiere. Während sie die Arbeiter dort an einem Ort versammelten, um ihnen den Garaus zu machen, ergriffen wir vier, in diesem Moment noch unbemerkt, die Flucht.

Orientierungslos und ohne Reiseführer liefen wir direkt in den unbekannten Wald. Uns war klar, dass es nur eine Frage der Zeit war, bis die Verbrecher durch Drohungen an die Schiffsarbeiter erfahren würden, dass wir uns an Bord befunden hatten. Nachdem sie uns dort nicht vorfanden, nahmen sie blitzschnell die Verfolgung auf.

Sie kannten sich in der Gegend besser aus und so dauerte es nicht lange, bis wir die Stimmen der

Mörder aus der Ferne hören konnten. Panisch rannten wir geradewegs einen einzigen Pfad entlang. Kurze Zeit später erblickten wir eine Lichtung zwischen all den Bäumen. Doch die Hoffnung verging uns schneller, als ein Streichholz brauchen würde, um abzubrennen."

Ich muss kurz Pause machen, um die ganzen verstreuten Bilder in meinem Kopf wie in einem Puzzle zu einem großen Bild zusammenzufügen. Dann atme ich tief, äußerst tief ein und fahre fort: „Wir befanden uns auf einem Schlachtfeld. Waffenschüsse flogen nur so durch die Gegend, Berge an Leichen lagen auf dem Feld verstreut, hier und da explodierte etwas, überall waren Krater im Boden eingraviert und auf der ganzen Landschaft wuchs kein Gras mehr. Es war so, als wären wir mitten in einem *MEDAL OF HONOR* Videospiel, nur war es Realität. Wo sollte man denn hingehen, wenn überall der Tod auf einen wartete?

Wir wussten es nicht.

Wir wussten es nicht und dennoch rannten wir drauflos.

Zurück konnten wir nicht, da dort die Verfolger auf uns warteten. Unser Adrenalin stieg drastisch an. Wir rannten quer durch das Gefecht durch, sprangen hier und duckten uns dort, versteckten uns hin und wieder in Kratern und hofften, auf die andere Seite zu kommen, wo der Wald wieder da und die Verstecke grenzenlos wären. Jack und Marco, die mich und Natascha an den Händen hielten, navigierten uns.

Plötzlich hielten die beiden an, als eine

Handgranate direkt vor ihnen auf den Boden landete. Sie drehten sich zu uns um, pressten ohne zu zögern an unseren Schultern und zwangen so unsere Körper, in die Knie zu gehen. Dann deckten sie uns mit ihren Körpern ab, um uns so zu schützen. Millisekunden danach explodierte die Granate."

Ich weine.

Was danach passiert ist, bringe ich nicht übers Herz, zu erläutern.

Emotionslos blickt der Offizier in meine Richtung, in der Hoffnung, dass ich fortfahre. Die Tränen laufen mir runter wie die Niagara Wasserfälle aus Kanada. Jack, ebenfalls mit weinenden Augen und knirschenden Zähnen, legt seine Hand auf meine Handfläche und nickt mir zu.

Ich erwidere sein Nicken, bewege meine Finger so, dass sie sich um Jacks Hand schließen und erzähle den Rest der Geschichte: „Wir flogen durch die Gegend und landeten alles andere als sanft. Mich hatte es offenbar am glimpflichsten erwischt, denn ich hatte gerade so noch die Kraft, mich vom Boden zu entfernen. Ich analysierte die Lage und sah, wie Jack und Natascha an unterschiedlichen Orten verletzt und regungslos am Boden lagen. Meine Ohren waren vom Schall der Explosion komplett betäubt, weswegen ich nichts mehr von der Schlacht wahrnahm. Mein Kopf blutete und dröhnte aufgrund des Schmerzes nur noch vor sich hin, weswegen auch das Denken mir verwehrt war. Da mein Sehvermögen das einzige Sinnesorgan war, was noch halbwegs funktionierte, lief vor meinem

Auge alles in Zeitlupe ab.

Als ich dann endlich den auf dem Rücken liegenden Marco erblickte, humpelte ich mit meinen übrig gebliebenen Kraftreserven zu ihm hin. Überall war Blut. Ich kniete mich hin und stützte mit einer Hand seinen Kopf, mit der anderen seinen Oberkörper. Wenn er versucht hatte zu reden, spuckte er Blut. Mit aller Kraft schaffte er es, seine Hand zu bewegen, um mir zu verdeutlichen, dass ich mein Ohr ganz nah an seinem Mund positionieren sollte. Während dieses ganzen Prozesses weinte ich, doch die auf meinem Gesicht herunterlaufenden Tränen vermochte ich nicht zu spüren. Dann flüsterte Marco mir etwas ins Ohr und verstarb. Aufgrund des Blutverlustes begann ich langsam, ohnmächtig zu werden. Doch bevor dies passierte, sah ich noch, wie Natascha und Jack durch Nathans Truppe wegtransportiert wurden. Danach legte ich meinen Kopf auf Marcos toten Körper und wurde bewusstlos."

Fest presse ich meine Hand auf Jack seine und wir weinen mehrere Minuten weiter. Der namenlose Mann beobachtet uns lediglich.

Dann beginnt Jacks Mund sich plötzlich zu bewegen: „Was waren seine letzten Worte Asia? Ich muss es wissen!"

Ich zögere kurz, doch beginne dann Marcos abschließenden Worte preiszugeben: „Seine letzten Worte waren", sage ich mit geschlossenen Augen, „ich war nicht stark genug!"

Kapitel 14 — Wer

Wind sät, wird

Sturm ernten

In der letzten Nacht habe ich kein Auge zugedrückt.
Die ganze Last, die sich in mir angestaut hat, hat
das nicht zugelassen. Deswegen habe ich die Zeit
genutzt, um meine Gefühle auf Papier
niederzuschreiben. Sollten wir tatsächlich hier
jemals lebend wieder rauskommen, werde ich diese
Worte der Öffentlichkeit preisgeben. Den Zettel
verwahre ich sicher in meiner Hosentasche.
Der große Tag ist angebrochen.
Wir versammeln uns alle im Zentrum des
Stützpunktes, wo der Offizier mit dem immer noch
unbekanntem Namen allen seine Strategie mitteilt,
uns eingeschlossen. Alle wissen, was sie zu tun
haben und so rücken wir aus. Die Führung

übernimmt Justin, da er uns zu dem Punkt bringen muss, an dem er uns aufgefunden hatte.

Von dort aus liegt es an mir und Jack, den Weg zurück zur feindlichen Basis zu finden.

Der Weg dahin ist verdächtig ruhig verlaufen, so als hätten die Truppen die Suche nach mir und Jack eingestellt.

Ab dem Baum, wo wir damals raufgeklettert waren, navigieren wir das Team, welches aus uns und ungefähr der Hälfte des auf der Insel verfügbaren Militärs besteht.

Kurz bevor wir die feindliche Basis erreichen, hält Justin für uns alle eine aufmunternde und motivierende Rede. Meines Erachtens sieht er in uns mehr als nur Soldaten, denn er betrachtet jede Person individuell.

Das ist bewundernswert.

Schließlich stürmt die ganze Mannschaft in die Basis hinein, nur Jack und ich schlagen einen anderen Weg ein, denn wir sind für die Rettungsaktion von Natascha zuständig.

Merkwürdig ist jedoch, dass wir bis jetzt immer noch keinen aus Nathans Truppe entdeckt haben.

Plötzlich hören wir einen Aufschrei aus dem Zentrum der feindlichen Basis.

„Ein Hinterhalt!", schreit jemand.

Ich habe es gewusst.

Die haben von unserem Vorhaben Wind bekommen. Die Frage ist nur, wie sie das hingekriegt haben.

„Nathan, du gerissener Fuchs", ärgert sich Jack.

Während die Ablenkung durch das Gefecht ihren

Zweck erfüllt, schleichen wir uns zu den Zelten hin, in der Hoffnung, dort Natascha zu finden. In einem der Zelte brennt eine Kerze auf einem kleinen Tisch, wodurch von außerhalb zwei Silhouetten im Inneren des Zeltes sichtbar werden. Eine der Personen steht, die andere sitzt.

„Wollt ihr noch ewig dort draußen rumlungern oder gebt ihr mir endlich die Möglichkeit, euch zu empfangen?", hallt es aus dem Zelt heraus.

Wir haben Gänsehaut am ganzen Körper.

„Sind wir damit gemeint? Ist unser Überraschungsangriff aufgeflogen?", frage ich mich ununterbrochen.

Diese Fragen werden mit einem klaren Ja beantwortet, als die stehende Silhouette mit den Finger auf uns zeigt.

Geschockt betreten wir vorsichtig das Zelt.

Vor uns steht Nathan mit seinem grässlichen Grinsen, hinter ihm sitzt Natascha, an den Händen gefesselt und ohnmächtig.

„Nathan, du elender Mistkerl! Was hast du ihr angetan?", platzt es aus Jack heraus. „Ist das nicht offensichtlich?", fragt Nathan in einem sarkastischen Ton. „Ohne mich wäre die Arme längst verblutet. Das konnte ich natürlich nicht zulassen, schließlich brauchte ich sie als Köder für euch. Dass du, Jack, es tatsächlich geschafft hast zu entkommen, hat mich äußerst überrascht. Ich ziehe meinen Hut vor dir für diese Glanzleistung."

Jack fletscht die Zähne.

„Woher wussten Sie, dass wir kommen würden?", frage ich ihn voller Entsetzen. „Anastasia, du naives

kleines Ding", antwortet er. „Dachtest du allen
Ernstes, ich würde dich so einfach davon kommen
lassen? Wie ich dir schon einmal mitgeteilt hatte,
habe ich etwas ganz Besonderes mit dir vor. Du
hast meine kühnsten Erwartungen übertroffen und
deinen Zweck mit Bravour erfüllt."
„Wovon reden Sie?", hacke ich verwirrt nach.
Grinsend entgegnet er: „Erinnerst du dich, als du
den Sack um den Kopf geschnallt hattest und ich
dich zuerst von deinen Handfesseln befreite?
Während dieses unverdächtigen Vorgangs habe ich
eine kleine wirkungsvolle Wanze auf deiner
Kleidung platziert. Somit habe ich rund um die Uhr
gewusst, wo du dich zu jeder Zeit aufgehalten hast.
Auch ist es mir dadurch möglich gewesen, jeden
eurer bemitleidenswerten Gespräche zu
belauschen, einschließlich des heutigen Angriffs auf
meinen Stützpunkt."
Mir fehlen die Worte.
„Wie ist Nathan in der Lage gewesen, dies soweit
im Voraus vorhersehen und planen zu können?
Sind wir denn wirklich so berechenbar?", löchere ich
mich mit Fragen zu. „Arrrrrrrgh!", brüllt Jack wie ein
wildgewordener Löwe.
„Keinen Schritt weiter Bürschchen! Vergiss nicht,
dass das Leben deiner Freundin in meiner Hand
ist", droht er.
Ich bezweifle, dass er sie töten wird. Sie ist sein
einziges Druckmittel. Wenn er dieses Druckventil
verliert, ist er für Jack in seinem aggressiven
Zustand leichte Beute.
Wissensdurstig frage ich Nathan: „Was haben Sie

nun vor Nathan? Wohin soll diese ganze Geschichte hinführen?"

Er lacht: „Muahahahaha! Es ist alles bereits vorprogrammiert. Ich warte hier genüsslich ab, bis beide Seiten, also sowohl meine Leute als auch die des Militärs sich gegenseitig abmurksen.

Mittlerweile habe ich durch den Drogenhandel genug Geld angehäuft und bin somit für mein restliches Leben ausgesorgt. Sobald sich die Lage draußen beruhigt hat, fliehe ich von dieser Insel, lege mir einen anderen Namen zu, lasse mich in einem fernen Land nieder und genieße mein Leben in vollen Zügen. Für euch allerdings, meine einzigen Zeugen, endet die Geschichte hier. Jack, wärst du so freundlich, mir dein kümmerliches Messer auszuhändigen?"

Er streckt seine Hand aus.

Widerwillen holt Jack sein Messer aus der Hosentasche und wirft es Nathan vor die Füße.

Dieser hebt es auf und bewegt sich mit dem Messer in seiner Hand bedrohlich auf uns zu.

Er holt zum Angriff aus und sagt dabei: „Kinder, es war mir eine Freude, euch kennenlernen zu dürfen. Lebt wohl!"

Plötzlich steht im Hintergrund Natascha auf, mit den Händen immer noch am Stuhl gebunden. Sie nimmt Anlauf und verpasst Nathan eine heftige Kopfnuss in den Rücken.

Während Nathan durch die Kollision in unsere Richtung fliegt, gibt Jack ihm noch einen heftigen Kinnhacken mit der Faust mit.

Nathan rührt sich nicht mehr. Regungslos liegt er

wie ein Toter am Boden.

Ohne Zeit zu vertrödeln hebt Jack sein Messer auf und reißt blitzartig Nataschas fesseln nieder.

Dann umarmt er sie ganz fest und flüstert ihr zu: „Ich liebe dich Baby!" Währenddessen durchsuche ich meine Klamotten nach der Wanze, greife nach ihr und werfe es auf Nathans daliegenden Körper.

Jack versucht urplötzlich, auf den wehrlosen Nathan einzuhauen. Auch wenn wir es nachvollziehen können, so können wir das dennoch nicht zulassen. Das wäre unter seiner Würde, weswegen ich und Natascha ihn zurückdrängen.

Als er sich abreagiert hat, verlassen wir das Zelt.

Wo man auch hinsieht, sind Leichen zu finden. Ein Kampf galaktischen Ausmaßes hat hier stattgefunden.

Wir durchsuchen den gesamten Ort nach einem Lebenszeichen und werden schließlich fündig. Fünf übrig gebliebene Soldaten verarzten sich am Rande der Basis gegenseitig, darunter auch ein bekanntes Gesicht.

„Justiiiiiiiiiiiiiiin!", schreie ich mit Freudensprüngen.

„Haben wir gewonnen?" füge ich direkt hinzu.

„Mehr oder weniger", erläutert Justin nicht ganz überzeugt. „Trotz des Hinterhaltes haben wir nicht nachgegeben. Einige der feindlichen Truppen haben die Flucht ergriffen, als sie ihre Niederlage vor Augen sahen. Trotzdem kann man es nicht als Sieg definieren. Wir haben viele Freunde in diesem Gemetzel verloren. Für dieses Gefecht war von Anfang an kein Sieger vorgesehen, nur unnötige Opfer.

Und wofür? Für nichts weiter als Gesetzeswidrigkeiten mit Drogen, viel weniger wert als ein unbezahlbares Menschenleben."

So sehr ich ihn auch verstehen kann, es bleibt leider keine Zeit für Sentimentalität und so gehen wir nicht weiter auf Justins Worte ein und geben nur ein dumpfes Nicken von uns.

„Wir haben Nathan niedergestreckt", versichert Jack mit voller Stolz, während sich die in Trance befindende Natascha an seinen Arm klammert.

„Ausgezeichnet! Wir müssen ihn abführen. Zeigt uns bitte den Weg", bittet Justin höflich.

Sofort brechen wir zum Zelt auf. Die fünf Soldaten laden ihre Waffen nach und stürmen ins Zelt hinein. Wir folgen ihnen hinterher und müssen etwas Entsetzliches feststellen.

Nathan ist weg!

Kapitel 15 —

Dies ist Deine Geschichte und Du kommst darin nicht vor

„Wo zum Teufel nochmal ist dieser Psychopath hin?", rastet Jack aus.

„Freunde, durchsucht die ganze Umgebung. Er kann nicht weit gekommen sein. Jack, Natascha und Anastasia folgen mir zurück zur Basis", erklärt Justin.

„Zu Befehl!", sagen wir alle im Chor.

Die ganzen Ereignisse haben uns viel Kraft gekostet, vor allem Natascha. Deswegen bewegen wir uns nur schleppend durch den Wald voran. Unsere Geschwindigkeit ist an das langsamste Mitglied unserer kleinen Gruppe angepasst. Mehrmals müssen wir irgendwo rasten, sobald die Gefahr, dass jemand einen Zusammenbruch erleiden würde, bestünde.

In der Zeit hat uns Justin erzählt, dass er nie im Leben freiwillig in dieser Gegend arbeiten wollte. Er habe lediglich seinen Arbeitsvertrag unterschrieben, ohne ihn richtig durchzulesen. Deswegen hat er sich ohne sein Wissen bereiterklärt, auch außerhalb seines Landes eingesetzt zu werden, sofern dies erforderlich sein würde. Dennoch hat er seinen Fehler akzeptiert und aus der Situation das Beste gemacht. Diese Einstellung ist für mich äußerst inspirierend.

Natascha nutzt die zahlreichen Pausen, um sich auszuruhen. Oft schläft sie dabei ein. Seit der Rettung hat sie keinen Ton von sich gegeben.

Jack schenkt ihr seine ganze Aufmerksamkeit. Er behandelt sie, als wäre sie seine eigene Tochter. Wie eine Gazelle ist er auf der Hut, lauscht und bewacht die Umgebung. Sein Beschützerinstinkt ist aktiver, als je zuvor.

Und ich? Ich bin in Gedanken bei Marco. Dem Mann, dem ich alles bedeutet hatte, der immer genau das Richtige zur perfekten Zeit sagte, ohne den ich mit hoher Wahrscheinlichkeit nicht mehr leben würde.

Permanent stelle ich mir vor, wie es wäre, wenn er jetzt bei uns sein würde.

Wie wir zu viert nach Hause zurückkehren und nie

wieder ein Wort über diese Geschichte verlieren würden.

Wie wir wieder unserem alltäglichen, routinebetonten Leben nachgehen, wo wir abwechselnd lachen, weinen, trauern und glücklich sind.

Wo wir uns einfach wieder wie Jugendliche aufführen können.

Ein wirklich schöner Gedanke und doch schmerzt es fürchterlich, so als würde mein Körper von innen aus verbrennen.

„Muahahaha!", hallt es plötzlich aus dem Wald heraus.

Diese Stimme würde ich überall erkennen.

„Das ist Nathan Leute!", warnt uns Justin. „Bleibt dicht zusammen!"

Ein Pistolenschuss ertönt.

Wir sehen zu, wie Justin zu Boden fällt und sich ein großer roter Fleck gleich unterhalb seiner rechten Schulter bildet.

Sofort knie ich mich zu ihm hin und schaue nach dem Rechten. Er ist nicht lebensgefährlich verwundet, aber dennoch so stark, dass er nicht in der Lage ist, seine Schusswaffe einzusetzen.

Natascha, die neben ihrem Liebhaber steht, klammert sich ganz fest an diesem. „Zeig dich, du feiges Pack!", befiehlt Jack.

„Wie es euch beliebt, eure Majestät!", verspottet Nathan ihn.

Aus dem Inneren des Waldes taucht eine Gestalt auf, die sich langsam in sichtbares Gebiet bewegt.

Kurzerhand ist auf Natascha und Jack eine Pistole

gerichtet.

Nun stehen sich die beiden Männer gegenüber wie in einem klassischen Westernfilm.

„Ich hoffe, du bist zufrieden Jack", beginnt Nathan zu sprechen. „Du hast einen kräftigen rechten Haken, das muss ich zugeben."

„Wo das herkommt, gibt es noch viel mehr davon!", garantiert ihm Jack.

In Nathans Augen ist ein Ausdruck des Wahnsinns zu sehen. „Hehehe", lacht Nathan. „Davon bin ich überzeugt. Nur leider wirst du dazu nicht mehr in der Lage sein, wenn ich dich erst ausgemerzt habe. Ich hätte natürlich die Gelegenheit gehabt, einfach abzuhauen und meinen Plan in die Tat umzusetzen. Selbst wenn ihr die Informationen von mir jemanden erzählt hättet, man hätte euch nicht geglaubt. Wer hört schon auf ein paar dahergelaufene Grünschnäbel?"

„Warum gehst du uns dann weiterhin auf die Nerven?", fragt Jack, obwohl er die Antwort wahrscheinlich bereits kennt.

Während die drei abgelenkt sind, nutze ich langsam und unauffällig die Gelegenheit, mich an Justins Waffe heranzutasten.

Nathan antwortet: „Wenn jemand meint, mir die Fresse polieren zu müssen, dann lass ich das nicht auf sich beruhen. So etwas nehme ich persönlich!" Er betätigt den Abzug und ein Schuss fliegt in unsere Richtung.

Wir alle schließen aus Reflex ruckartig die Augen. Als wir sie wieder öffnen, lacht Jack: „Hahaha, daneben!"

Ein teuflisches Grinsen ist auf Nathans Gesicht zu sehen.

„Glaub mir, ich verfehle niemals mein Ziel", versichert er.

Langsam begreift Jack, wie sich die zarten Hände, die sich die ganze Zeit fest an ihn geklammert haben, sich in Zeitlupe gen Boden bewegen.

Fassungslos sehen wir zu, wie Natascha mit einer Schusswunde in der Brust kollabiert und sich nicht mehr rührt.

„Nein. Nein! Das darf nicht sein", dachte ich geschockt.

Der Alptraum von damals ist wahr geworden.

„Du…DU MONSTER!", brüllt Jack lauter wie nie zuvor.

„Jack!", rufe ich und kaum schaut er zu mir hin, werfe ich ihm die von Justin entwendete Waffe zu.

Er schnappt in der Luft nach ihr und seine Stimmbänder lösen einen Kriegsschrei aus.

Ein Schuss nach dem anderen fällt, bis Nathan mit acht Kugeln im Körper zu Boden geht.

Gleich danach wirft Jack die Waffe weg, geht auf Augenhöhe mit Natascha und fühlt ihren Puls.

Es ist zu spät.

Sie ist tot.

Sie ist tot und wir konnten es nicht verhindern! Nie wieder werden wir ihre bezaubernde Stimme hören, nie wieder ihr einzigartiges Lächeln bewundern.

Wir weinen ununterbrochen, so lange, bis wir keine Tränen mehr produzieren können.

Dann gehen wir auf Nummer sicher und kontrollieren, ob Nathan wirklich von uns gegangen ist. So eine Serie an Schüssen überlebt eigentlich niemand und doch haben wir Nathan bereits einmal unterschätzt.

Es ist vorbei.

Bevor wir schweren Herzens aufbrechen, erweisen wir Natascha die letzte Ehre, die wir Marco aufgrund der brenzligen Situation nicht geben konnten.

Eine Beerdigung.

Die erste Beerdigung, an der ich beteiligt bin und es ist meine Schwester, die darin verwickelt ist.

Welch grausame Umstände.

Jack stützt den verletzten Justin und wir laufen zurück zum Stützpunkt, den ganzen Weg über schweigend.

Dort angekommen werden wir als Kriegshelden gefeiert, obwohl es unserer Meinung nach nichts zum Feiern gibt.

Der Offizier, der endlich seinen Namen bekannt gegeben hat, salutiert vor uns. Bob heißt er.

Da diese Mission nun zu Ende ist, wird demnächst die ganze Station aufgehoben werden. Das ganze Militär rückt dann zurück nach Hause aus, bis die nächsten Anweisungen sie in das nächste gefährliche Gebiet befördern werden.

In dieser letzten Nacht vor dem Aufbruch sitzen alle noch einmal gemeinsam am Lagerfeuer, singen, tanzen und besaufen sich. Eine Nacht, die bei dem Militär nur selten zustande kommt.

Jack und ich sind ebenfalls dabei, doch wir schweigen nur und starren ins Leere. Wir fühlen nichts, wir denken an nichts. Wie seelenlose, eingefrorene Hüllen sitzen wir da.

Doch als plötzlich der inzwischen genesene Justin sich an uns vorbeitanzt und uns dabei fragt, was wir als Nächstes vorhaben, müssen wir doch nachgrübeln.

Dann beginnt Jack zu reden: „Ich werde nicht mitkommen."

„Was? Wieso nicht?", frage ich entsetzt.

„In dieser schnöden Welt gibt es genug Leute, die genauso gefährlich sind wie Nathan, wenn nicht noch teuflischer. Ich werde mich dem Militär anschließen und jeden einzelnen von diesen Missgestalten jagen. In Deutschland wartet eh keiner auf mich. Zwei Homies habe ich verloren. Ihr Tod darf nicht umsonst gewesen sein. Ich bin es ihnen schuldig!"

Jack merkt mir an, dass ich damit auf Anhieb nicht klarkommen werde.

„Hier", sagt er und drückt mir sein *SHIELD AND SWORD* Messer in die Hand. „Wann immer du dich verlassen fühlst, hole dieses Messer empor. Es symbolisiert, dass ich immer mit dir abhängen werde, bis das Tod und Teufel uns holt."

Er blickt zu mir und lächelt.

„Ich bin gerührt", denke ich laut.

„Tu mir einen Gefallen Asia", bittet er mich. „Sobald du nach Deutschland zurückgekehrt bist, gehe an die Öffentlichkeit, zu den Zeitungsheinis oder sonst wo hin und verzapfe ihnen alles, was hier abgegangen ist. Erzähl ihnen von unserer Geschichte, von den vier ahnungslosen Jugendlichen, die eine ganze Schlacht erlebt und, wenn auch teilweise, entschieden haben. Wirst du das durchziehen Asia?"

Ich schließe meine Augen, lächle und lege ihm meinen Arm über die Schulter.

Dann blicke ich in seine erwartungsvollen Augen und sage: „Aber sowas von, Alter!"

Kapitel 16 – Ein Lied zum Nachdenken

Abreisetag. Zeit sich von Tasmanien, der unberechenbaren Insel, zu verabschieden. Zu viert sind wir hierher aufgebrochen, allein kehre ich zurück.

Als ich aufstehe, warten Justin und Jack draußen bereits auf mich.

Erst umarme ich Justin.

„Lebe wohl", flüstert er mir dabei zu.

„Danke. Danke für alles", entgegne ich.

Dann folgt Jack. In dem Moment habe ich mir gewünscht, dass die Zeit anhält und diese Umarmung für immer andauern wird, sodass ich nie loslassen müsste.

„Gib auf dich Acht", ratet er mir.

„Du ebenso", antworte ich zurück.

Mit diesen Worten gehen wir nun getrennte Wege.

Die beiden bleiben vorerst hier, um bei den Aufräumarbeiten zu helfen. Ich hingegen werde wie von Bob versprochen mit einem Hubschrauber nach Hause eskortiert. Während des Fluges schießen mir viele Gedanken durch den Kopf: „Was wäre passiert, wenn ich Marco in der Kabine geküsst hätte?

Was wäre geschehen, wenn wir bei dem Schiffsüberfall uns den Verbrechern ergeben hätten, anstatt die Flucht zu ergreifen.

Hätten sie uns dann ausschließlich gefangen genommen und nicht mordsdurstig verfolgt?

Wären wir dann eventuell nicht in das Schlachtfeld gelaufen und Marco sowie Natascha wären jetzt noch am Leben?"

Ich weiß es nicht und werde es nie erfahren.

Genau wie bei der Einbahnstraße bewegt sich auch die Zeit nur in eine Richtung und zwar vorwärts.

Trotz allem habe ich genaue Vorstellungen, was demnächst passieren wird. Den unangenehmen Teil werde ich selbstredend nicht auslassen können, nämlich meinen Eltern mitteilen, dass ihre über alles geliebte Tochter, meine Schwester, tot ist.

Als der Hubschrauber direkt vor meiner Haustür auf der großen Wiese landet, staunen meine Eltern sowie ein Großteil der anwesenden Nachbarschaft nicht schlecht.

Fest nehmen sie mich in ihre Arme. Sicherlich haben sie viele Fragen, doch in dem Zeitpunkt freuen sie sich nur, mich zu sehen.

Mit einem Handzeichen bedanke ich mich beim Piloten samt der Besatzung und verschwinde mit meinen Eltern in unserer Wohnung.

Dort erzähle ich ihnen die Geschichte in allen Einzelheiten.

Besonders die Nachricht über Nataschas Tod trifft sie wie…, wie….

Hier ist mein Latein am Ende. Es gibt keine Worte, die das tragische Gefühl über diesen Verlust beschreiben können.

Eine der seltenen Augenblicke folgt, in denen ich meinen Eltern beim Weinen zuschaue. Für sie, nein, für alle Eltern der Welt gibt es nichts Schlimmeres, als wenn ihr eigenes Kind vor ihnen stirbt. Meine Wenigkeit würde sich am liebsten ihnen anschließen, doch ich habe jede einzelne Träne bereits aufgebraucht.

Als meine Eltern sich einigermaßen eingekriegt haben, haben sie mir bei Jacks Bitte geholfen. Wir sind zur Presse gegangen und die Story ist ein paar Tage später auf der Titelseite der Augsburger Allgemeine erschienen.

Natürlich hat das alles Folgen, denn ein normales Leben ist nicht mehr möglich.

In der Schule quatschen mich dauernd Leute auf den Artikel aus der Zeitung an und spenden mir gegen meinen Willen ihr Beileid.

Zu Hause sitzt mir ständig dieses Gefühl im Nacken, dass eine Person, die hier sonst immer rumgelatscht ist, nicht mehr da ist. Ab und zu ist eine vertraute Präsenz zu spüren, so als stünde Natascha direkt neben mir. Natürlich trifft Einbildung die Sache eher.

Nachts suchen mich in meinen Träumen manchmal

die ereignisreichen Bilder von Tasmanien heim, wodurch es mir nicht möglich ist, die Geschichte, von der ich am liebsten nie wieder ein Sterbenswort erwähnen will, zu verdrängen.

In meinem Zimmer starren mich an der Wand hängende Bilder meiner Freunde aus der Vergangenheit an, so als würden sie mir etwas ewig vorwerfen.

Eines harmlosen Tages habe ich sogar an so etwas wie Suizid gedacht.

Selbstmord. Wenn man diesen Gedanken einmal gehabt hat und es dann letztlich nicht durchzieht, verschwindet dieses Wort aus deinem Verstand und kommt im Leben nie wieder. Die Worte von Marco, die er am Deck des Schiffes zu mir gesagt hatte, haben mich davon abgehalten, es zu beenden.

Er und Natascha waren nicht stark genug.

Ob Jack stark genug sein wird, wird sich noch zeigen, obwohl ich bezweifle, dass ich jemals wieder mit dieser einzigartigen Person Kontakt haben werde.

Ich liege im Bett und wühle in meiner Hosentasche. Heraus hole ich Jacks Messer, welches mir jedes Mal ein Lächeln ins Gesicht zaubert und einen Zettel, der mir nicht bekannt vorkommt.

Als ich ihn öffne, erinnere ich mich wieder. Das sind meine Gedanken aus jener Nacht, die ich auf diesem Blatt Papier verewigt habe.

Am Morgen darauf stehe ich in aller Frühe auf und begebe mich zu Jacks ehemaligem Tonstudio, wo er seine Tracks immer aufgenommen hatte.

Freundlich bitte ich einen Kumpel von Jack, meine

Worte in Verbindung zu einem von mir ausgewähltem Beat zu rappen, da ich selber dazu nicht fähig bin, um so ein brandneues Lied zu komponieren.

Ohne zu wissen, wer genau ich eigentlich bin, sagt er: „Jede Sis von Jack ist auch meine Sis. Betrachte es als erledigt."

Ein bis zwei Stunden später ist das Werk vollbracht. Er brennt mir meinen Song auf eine CD und händigt es mir kostenlos aus. Schnurstracks fahre ich zum Radiosender, ohne einen Termin dort zu haben. Die Angestellten dort lassen mich einfach so in die Abteilung passieren, wo die Lieder, die in den Radios zu hören sind, abgespielt werden. Es ist fast so, als wolle das Schicksal, dass diese Worte die Welt erreichen.

„Ich flehe Sie an. Bitte spielen Sie diese CD für mich ab. Es ist meine Botschaft für di Welt!", bettle ich.

Ich weiß nicht, ob mein hoffnungsvoller Blick, meine bettelnde Stimme, ein Hauch von Mitleid der Arbeiter oder eine Mischung aus allem sie dazu überzeugt hat. Jedenfalls stecken sie meine CD in das Laufwerk und es beginnt sich zu drehen. Bevor einer der Mitarbeiter auf *PLAY* drückt, wird noch eine kurze Durchsage durch das Mikrofon an die Welt verbreitet: „Hier ist ein noch nie dagewesener Song, gerappt von einem Mann, der lieber anonym bleiben möchte.

Geschrieben hat das Lied die reizende junge Frau Anastasia Hudson.

Der Titel heißt Kampf mit sich selbst. Viel
Vergnügen!"
Nach diesen Worten ertönt die Melodie.
Eine Musik, die von Herzen kommt und ins Herz
geht.
Ich bin Anastasia Hudson.
Dies ist mein Vermächtnis:

„Im Leben kommt es immer wieder zu Situationen,
wo man sich fragt, ob die nächste Aktion sich wird
lohnen.
Schließlich will man irgendwo seinen Stolz
bewahren
und sich möglichst weitere Enttäuschungen
ersparen.

Tausende Bilder schießen einen im Kopf durch.
Dann sieht man, was passieren könnte und es
ergreift einen die Furcht.
Das Sicherheitsgefühl verfliegt, man zögert und
kneift,
erblickt, wie die einzige Chance vorm eigenen Auge
vorbeischweift.

Kaum ist es vorbei, realisiert man was geschehen
ist.
Man will sich selbst in den Arsch treten und fühlt
sich wie der letzte feuchte Mist.
Wegen nichts und wieder nichts hat man mit sich
selbst gerungen.

Das Schlimmste dabei ist, dieser Prozess dauerte gerade mal 5 schlappe Sekunden.

Und nun badet man in Selbstmitleid und heult sich am nächstbesten Kissen aus.
Verbarrikadiert sich im Zimmer und lässt alles aus sich raus.
Schaut in den Spiegel und geht mit seiner Wenigkeit äußerst hart ins Gericht.
Keine Lebensfreude und kein Selbstbewusstsein, denn letztendlich hasst man sich.
Was wäre wenn? Das ist die einzige Frage, die zurückbleibt.
Die Suche nach der Antwort foltert einen und es entsteht wieder unbeschreibliches Leid.

Und der Vorgang wiederholt sich Tag für Tag.
Jegliche Versuche scheitern, man ist nicht mehr stark.
Man stellt fest, in diesem Battle gibt es keinen Sieg.
Gegen die eigene Wenigkeit kann man nicht gewinnen, man hat mit sich selbst Krieg.

All die unbeantworteten Fragen, die Antworten nicht aussprechen zu wagen.
Es rumort im eigenen Magen, unerträgliche Schmerzen plagen.
Man kann nichts mehr sagen, sowas ist unmöglich zu ertragen.
Es ist, als gehe man gleich sich selbst an den Kragen!

Refrain: Egal wie man es dreht und wendet.
Ganz gleich wie viele Gedanken man
verschwendet.
Wie oft man auch Aufmerksamkeit dafür
spendet.
Es ist ein Kampf, der niemals endet.

Der endlose Kampf mit sich selbst ist nicht
vorüber.
Doch selbst wenn du denkst, du bist hinüber.
Du atmest noch und hast Kraftreserven über.
So lieg nicht am Boden, steh auf und komm zum
Gefecht rüber.

Hör auf in Selbstmitleid zu schmoren.
Als Krieger wurden wir geboren.
Zum Kampf mit dem eigenen Leben auserkoren.
Denn wer nicht kämpft, der hat schon verloren.

Die Situation, in der man steckt. Man ist nicht ganz
selber schuld daran.
Es liegt an der heutigen Gesellschaft und ihren
fürchterlichen Fortschrittswahn.
Vor Millionen Jahren war der Instinkt des Menschen
wichtigste Eigenschaft.
Es war eine unkomplizierte Spezies, so etwas wie
logisches Denken hatte man noch nicht gerafft.

Heutzutage wird alles mithilfe des Verstandes
entschieden.

Instinkt und der Ruf des Herzens wurden einfach von der Bildfläche vertrieben.
Deswegen sind Herz und Verstand nun Gegenspieler.
Sie versuchen, so viel wie möglich aus den eigenen Entscheidungen rauszuholen, wie Dealer.

Doch die Tatsache, dass der Verstand vorwiegend triumphiert, bleibt.
Durch die vielen Gedanken hört man nicht, wie das Herz vergeblich schreit.
Nun sind die Ursachen der Probleme angekommen und bekannt.
Es hat eine Weile gedauert wegen dem unzuverlässigen Versand.

Man hat das Gefühl, als wäre man mitten im Meer von Wasser umgeben.
Verzweifelt schwimmt man an der Oberfläche und versucht zu überleben.
Doch im Prinzip steht man sich permanent selbst im Weg.
Deswegen sieht man auch nicht den zum Greifen nahen Landungssteg.

Das Gehirn wurde lange viel zu sehr verwöhnt.
Wetten, ihr benutzt es grad, während dieses Lied ertönt.
Anstatt es einfach mal abzuschalten und dem Herz die Gelegenheit geben,
ihm das eigene Gehör zu schenken, denn danach tut es schließlich rund um die Uhr streben.

Hätte man das von Anfang an gemacht, hätten viele
schlimme Ereignisse nicht sein müssen.
Dann hätte man sich hingekniet und würde dem
Herz ihre imaginären Füße küssen.

Das Leben ist zu kurz, um des Herzens Worte zu
verwehren.
Und ganz sicher nicht lang genug, um dem
Verstand den Vortritt zu gewähren.
Man entscheidet selbst, wann man auf wen hört,
aber weise.
Sonst gerät man wie erwartet erneut in die gleiche
Scheiße.

Es ist ein gebrochener Bann, ein neues Kapitel nun
beginnen kann.
Fühl dem Schicksal auf den Zahn, es ist ein
vielversprechender Plan.
Man ist raus aus der depressiven Achterbahn, und
dann ist der Körper plötzlich voller Elan.
Der Kampf ist gewonnen, doch der Nächste steht
bereits an.

Refrain: Egal…

Instrumental….

Refrain: Egal…"